숲의 소실점을 향해

숲의 소실점을 향해

양안다 시집

민음의 시 **271**

민음사

꿈에서 맨발로 꽃밭을 걸었다. 걸음마다 발가락이 따가워 견딜 수 없었다. 그리고 악취. 주위를 둘러보면 꽃밭은 전부 시들어 있었고 나는 슬퍼하지 않았다.

아직도 손발이 차갑지 않다는 게 믿기지 않는다.

이제 그만 깨어나고 싶었지만.

나의 미래이자 낙하산이 되어 준 친구들에게. 고마워. 우리는 여전히 부러질 것 같고 우스꽝스러워.

2020년 5월
양안다

차 례

나의 작은 폐쇄병동

첫 감기에 시달리는 아이의 이마를 짚어 보듯 너는 나를
쓰다듬지 초점 풀린 눈을 감겨 주려고

길지 않은 휴일 내내 너는 네가 그린 그림에 섞이기 위
해 영혼을 기울였고 종종 길고양이가 울었어 나는 웅크린
채로 금단의 터널 한가운데에 있었지 달이 뜬다

수많은 사람들의 목소리가 귓가를 적시고 사라졌지만
나는 너의 메마른 입술만 바라봤어 무언가를 먹고 마시고
숨을 내쉬는 모습이 고요했고

청력이 쏟아지는 밤, 우리의 내부보다 컴컴한 겨울비가
내리기 시작했지 나의 편지와 너의 그림 속에서 죽어 가는
인물들의 비명이 불협화음을 내는데 우리가 할 수 있는 건
그저 눈물을 참는 일이라서

주먹을 움켜쥐고

새벽마다 너는 목도리로 얼굴을 뒤덮고 산책을 나섰지

상자에 작은 새를 담아 두는 마음으로 너를 이끌었어 너에게 말하지 않았어, "우리는 어디로 가야 할까?"

회복자들은 거리를 헤매고 있었지

*

때때로 아침이면
창가로 날아온 새들이 지저귀고
잠든 너에게로 햇빛이 쏟아진다
나는 이 느낌을 사랑해

지난밤이 벗어 두고 간 허물을 정리하는 일
탄산 빠진 병을 잠그고
우리 중 누군가가 흘렸을 술을 닦는다
샌드위치 봉지에선 악취

잠든 너의 곁을 지날 때는 까치발로,
네가 졸린 눈을 비비며 몇 시냐고 물으면

조금 더 자요 조금만 더,
너에게 필요한 잠을 부르고

젖은 수건에서 개 냄새가 난다
향초에 불을 붙이고
담배를 문다
너의 가슴은 고요하게 떠올랐다가
가라앉는다

필터가 축축히 젖을 때까지

너의 얼굴 위로 햇빛이 떨어지는 장면

누가 오전의 귀를 잡아당긴 듯이
점점 느리게
나를 관통한다

*

그러나 견딜 수 없었다고 뒤늦게 고백하는 밤이면 꿈에서 모진 돌만 골라 주머니에 넣은 채 강가로 뛰어드는 이를 바라보았습니다 미열 속에서 나는 자신을 납득시키기 위해 얼마나 많은 현기증을 지문에 가두고 있었던 걸까요

창문을 열어 줘, 우리에게 소량의 바람이 필요한 것처럼 양들은 자신의 이름을 외우려 애쓰고 있습니다 사소하고 허무하고 시시한 농담으로 세상을 웃길 수 있다면 사람들은 모두 목을 매어도 좋겠지요 한겨울에도 비가 쏟아집니다 우리가 흘러 술은 증발되어 어디로 가는 거죠?

눈을 떠, 오래전 누군가의 목소리가 되감길 때
눈을 떠, 내가 너를 바라보려 애쓸 때

모든 계절을 반으로 나누어 우리가 여덟 개의 계절을 갖는다면

이불로 감싸도 나는 내 몸을 쪼갤 듯 주체할 수 없었지만

네가 두 눈을 뜨자
두 개의 달이 뜬다

*

너에게 원했던 건 투명하고 둥근 병과 알약을 나의 손 안에 안겨 주는 것 나는 모든 것이 타 버린 숲의 잔재 속에 있어 열이 오르는데 온 세상이 정지한 듯 얼어붙고 있어

피가 나도록 손등을 물어뜯었지 이 밤 어디선가 새 울음이 들리지만 너는 꿈속에서 들려오는 선율이라 단정하고

오래된 꿈에 두고 온 작고 작은 생물이 문득 떠올라 버려서

질끈 눈을 감았다 어둠 속에서 현기증이 흩날리고

네가 침 범벅이 된 얼굴로 내게 불가해한 감정을 요구
할 때

수백 그루의 벗나무

눈송이처럼 조각난 칼날을 떠올렸어 예쁜 피, 예쁜 마
음, 중얼거렸지

폰의 세계

너와 낮과 밤이 구분되지 않는 골목을 걷는다 걷고 있
다는 사실마저 잊을 때까지 걸으면 풍경은 조금씩 뒤로 밀
려났다

골목을 걷다 보면
잠깐 열리고 닫히는 문, 그 사이로
우리는 생활을 바라보고
생활의 주인들과 눈을 마주친다
우리는 건드리지 않는다 손끝이라도 닿으면
깨질 것이다 수많은 유리 조각이
맨 얼굴 위로

어느 남자는 라이터를 손에 쥐고
누군가에게 다가가고 있었다
곧 주먹을 날리겠지
피할 수 없을 것이다 주먹을 맞기 직전까지
아무것도 알 수 없다

잠에 들지 않으니 세상이 좁아진다

너는 가늘게 뜬 눈, 간간이 총성이 들리면 두리번거리고
옆을 바라보면 너 그리고 나
풍경은 계속 뒤로 밀려나고 우리는 앞을 제외한
모든 방향을 지운 채로
한 칸
한 칸 전진한다

골목 깊은 곳에선 사람들이 가루에 코를 박고 숨을 들
이쉬고 있다 코트 안으로 손을 넣어 무언가를 뒤적거리고,
알 수 없는 액체가 든 병을 주고받고, 우린 그런 게 불편하
지 구석에 숨어 불과 재와 연기를 만들며 언 손과 목소리,
마음을 데우고 싶었을 뿐인데

세상을 반죽으로 뭉개서 이 골목을 만들고 남은 반죽으
로 우릴 만든 게 아닐까 반쯤 썩은 시체를 닮은 사람들의
몸이 녹는 동안 골목은 물렁해지고 너의 걸음이 휘청거린
다 어지러워? 저길 좀 봐, 휘청거리는 건 우리가 아니라 이
골목 사람들이지 겨우 그런 게 마음이라고, 생각만 한다고
무얼 바꾸겠냐고, 너는 눈을 크게 뜨고 바라본다 눈을 크

게 뜨고 있는 너를 본다 우리는

눈을 마주치고

깨진다 우리가 조각되어
쏟아지는데……

물속 깊숙이 잠겨도 좋았을 거야
아무도 모르게 손을 잡고 가라앉자
손톱으로 서로의 손등을 꾹 눌러서 자국 남기자
모래 위에 그리는 건 우리가 사랑하는 세계
한 칸이 아니라
무작위로 달릴 수 있는 세계

우리, 어디 여행이라도 갈까
네가 말하자 눈이 내린다 우리는

걸음을 멈추고

너와 낮과 밤이 구분되지 않는 골목에서, 무슨 일이 벌어질지도 모르고, 하지만 너는

미래를 알고 있다는 듯이

걷자고
계속 걷자고 재촉한다

여름잠

6월의 벌레들이 과일에 꼬이기 시작하고
기댈 어깨가 필요했지 기후가 부서질 듯 건조한데
거리에는 너에 대한 적의가 소문으로 가득했다
발끝에 힘을 주고 걸어도 내리막은 점점 기울어져
골목을 헤매다 이곳에 왔어 나의 노래가 멎었던 곳
창문으로 마주친 눈빛
음악이 필요한데 사람들은 춤을 멈추지 않았지

어떤 고백은 입을 틀어막아도 새 나오고
닫히지 않는 귀, 노를 저어 나아가고 싶은데 이미 부러
진 마음과
마음을 떠올리면 왜 아름답고 슬프기만 할까 마음은 그
런 게 아니시
온몸에 기름을 붓고 불을 붙인 다음
타들어 가는 몸으로 다가가는 것
그 몸을 안아 주지도
외면하지도 못하는 것
그런 게 마음이라면

나, 네 소문 들었어 손목을 가리려 팔찌를 잔뜩 끼운다
고 사람들이 알려 줬지 네가 사랑하는 사람에겐 사랑하는
다른 사람이 있었고

두 팔에 얼굴을 묻으며,

울음은 다른 울음에 묻히고

어깨에서 시작되는 여진, 주체할 수 없는 입술과 그런 입
을 가리는 두 손이

끝나지 않을 거라는 믿음

그래서 울다가 울고 울다가 우는……

네가 악몽에서 마수질 것늘을 흉내 낸나

잠에 빠지지 않길 바라는 노래, 귓구멍으로 달려드는 벌
레 떼, 춤추는 이들이 사라지고

마음이란 걸 편지에 적지 못해서

경사는 점점 기울어지는데

널 뒤따라가지 않는다

계절과 잠과 계절의 잠을 묻어 두고

몸을 웅크린 채 조용히 흐느낄 곳

네가 손목 위로 새긴 어류의 비늘이

유영을 시작하는데

꿈에서도 그를 찾으려는지 너는 잠귀를 환하게 열어 둔다

나는 가벼운 발걸음, 제로 데시벨, 우는 소리 없이 표정

으로 울고

그리고 속삭임

꿈 작은 꿈

우는 건 너인데 눈물을 보는 건 언제나 나였다

당신의 주소를 모르기 때문에

친구, 나는 지금도 병실입니다

여름이면 여전히 온몸이 서늘하고 방 안 가득 그림자가
쏟아집니다

머릿속엔 온통 영상뿐입니다 최근에는 쪽가위로 의사의
목을 찌른 뒤

트렁크에 쇠붙이를 잔뜩 싣고 떠나는……

책은 종종 읽고 있습니다 제목에 천국이나 지옥이 있
다면

언제나 사랑과 죽음의 서사가 적혀 있습니다

저녁이면 천장에 햇빛이 일렁이더군요 친구, 너와 함께
물속에 잠겨 있던 지난 계절이 떠올랐습니다

우리 표정은 모두 똑같더구나…… 그 음성이 귓가에서
찰랑거리는 겁니다

어제는 퇴원을 권유받았지만 친구, 나는 앞으로도 병실
에서 지낼 것입니다

오늘 새벽에도 옆방 환자는 고함을 지를 예정이지요

울며

짖으며

미치지 않았다…… 사실일 수 있다고 생각합니다

지금 이곳은 밤이고

친구, 이런 밤이면

너와 영화 한 편을 감상해도 좋겠다는 생각입니다, 과수원에서 죽어 가는 두 인물, 주위에는 피보다 붉은 사과가 사방으로 매달려 있다 그 사이에 누워 서로의 유언을 받아 적는다

누군가가 나를 간호하듯이

창밖으로 앙상한 개를 바라보는 것이 취미입니다

선명한 갈비뼈를 바라보고 있자면

머릿속에 기타가 떠오르고 음악이 흘러나옵니다

이런 영상이 지속되는데도

이곳에선 누구도 내가 아프다고 말하지 않습니다

친구, 어쩌면 지금 내게 필요한 건

답장이 아니라 쇠붙이일지도 모릅니다

누구도 이해하려 들지 않으면서

약 기운이 발끝까지 맴도는 걸 느끼고 나면

나는 물속을 허우적거릴 뿐

나아갈 수는 없습니다 그들이 날 바라보는 표정은 모두 똑같다고……

창밖의 개는 오늘도 졸기 시작하고

나는 그 장면을 바라보는데

저 개는 나의 유일한 영화, 언젠가 기타가 되어 누울 것
입니다 나의 머릿속에서

음악이 흐르고

살인도 없이 내내 잠에 빠질 것입니다

사랑도 없이 이별을 준비하며

누군가가 이 세계에서 나를 제외시켰다는 영상이 시작
됩니다, 남자는 서재를 서성인다 검지로 책을 훑어가다가 무
심코 한 권을 뽑아 든다 그 순간 환자는 온몸이 서늘해진다
그림자가 드리우고 기타 선율이 들린다 남자는 책을 펼친다
천국이나 지옥, 환자는 눈을 감는다

친구, 바깥에선 다들 내가 죽었다고 하는데

나는 아직 퇴원하지 않고 있습니다

공포의 천 가지 형태*

　숨이 멎을 때까지 우연과 마주하고 싶지 않았다 나는
그래 너 역시 동의할까

　내가 너를 들여다보려 애쓰던 나날 네가 허벅지를 죽죽
그어 대던 장면을 본, 그 순간에 구급차가 사이렌을 울리
며 지나갔지 나는 그 장면이 오래도록 잊히지 않았지만 끝
내 우연이라고 정의했다

　네가 누군가를 죽이고 싶다고 말할 때마다 나는 그 살
의의 수신자가 누구인지 궁금했고, 한번은 너에게 물어본
적도 있었지만 너는 자신도 누굴 죽이고 싶은 건지 모르겠
다고 대답했다 살의는 그저 살의라며

　그래 나는 슬픈 척해도 들키지 않고 그래 죽고 싶다는
말을 삼킨 채 영원을 바란다 말하고 그래 이런 마음도 누
가 엿볼 수 있는 걸까

　내가 구토를 하면 너는 자지러지게 웃는다 그 웃음소리
를 들으면 목뒤가 견딜 수 없이 가려워졌다

서로의 악취미를 숨기며 나는 알약을 너는 칼을 쥐고 그래 너는 이 모습이 가장 슬픈 마음이구나 생각했다 나는 너에게 꼭 하고 싶은 이야기가 있었는데

아마도 살인자를 죽인 살인자를 죽인 살인자의 이야기
죽음은 미래의 마지막 모습이다 온전한 영혼 따위 필요 없을지도 모르지만 사후를 상상하면 몇 개의 거대한 문과 누군지 알 수 없는 심판자가 떠올라서 더는 조각날 수 없을 때까지 파편적으로 갈라지는 영혼이 필요하다 생각했다

나는 나의 마음에 이름을 지어 주고 싶었는데
그것은 와르르 무너져 쏟아지는 진열장의 유리컵이거나 단거리 경주를 끝마친 심장이거나 바닥에 엎질러진 백색 알약이기도 했고 어느 날에는 감당할 수 없는 폭설과 맹목적인 살의, 목매단 사람의 발버둥 같은…… 나는 숨을 쉬기 버거울 만큼 발작하는 것들을 사랑했다 마음을 죽인 사람의 마음을 죽이는 데에 온 마음을 기울이고 싶었다

유리 위로 입김을 불면
물결이 새겨지는 것처럼……

어떤 이별은 견딜 수 없는 비명을 동반한다 새를 묻는
살인자는 새와 인간의 비명 사이에서 차이점을 발견하지
못했다 죽기 전 남자가 연인에게 마지막으로 했던 말은 잘
가 다음에 만나, 였다 연인은 죽은 남자를 만나기 위해 따
라갈 것이다 무거운 마음을 끌어안은 채 오래도록 물속에
잠겨 있을 것이다

그리고 지난여름의 익사자가 살인자의 발목을 끌어당기
기 시작한다
중력이 발생한다 내가 너를 끌어당기고
네가 나를 당기는

그래 너는 나쁘고 나는 나쁘고 우리가 나빠서 이런 마
음으로는 누구든 사랑할 수 있을 것 같다

번지는 입김 위로 그림을 그리면

지문이 새겨지는 것처럼……

그래 나에게는 길고양이를 보며
눈을 느리게 감았다 뜨기를 반복하는 습관이 있지
속도라는 말이 무의미할 만큼
조심스럽게
천천히
아주 천천히
눈을 감았다가
뜬다

알고 있었어 그날 밤 너는 취한 몸을 비틀거리며 내게
쏟아졌고 더 이상 기억나지 않는다고 말했지 나는 무엇
을 잊은 거냐고 물었고 너는 기억나지 않는다고 했지 나는
내 이름이 무엇인지 물었고 새벽의 색채에 대해서 물었지
만 너는 기억나지 않는다고 했지 익사자의 연인에 대해 물
었고 너는 기억나지 않는다고 했지 살인자를 죽인 살인자
를 죽인 살인자와 세계의 우연과 우리의 규칙과 새와 인간
의 차이점과 나의 마음이 기억나지 않는다고 했지 너는 죽

이고 싶다고 말했고 누구를 죽이고 싶냐고 물었을 때 너는
말할 수 없다고 했지 다음 날 나는 지난밤을 잊은 척 했다

기억해 봐
너는 피와 살밖에 없다고 했지만
내가 너에게 영혼을 바랄 때
마음은 이미 상해 가고 있었지

그래 너는 끝내 잠에 빠지고 그래 나는 슬픈 표정을 반
복하다가 마지막으로 슬펐던 게 언제인지, 미래에 마지막
으로 슬프게 될 때가 언제인지 생각하게 되고 그래 나는
너에게 꼭 해 주고 싶은 말이 있었는데 그래 나는 목소리
를 망가뜨리고 마음을 소거하고

갈라지고
조각나고
호흡하고
갈라지고
조각나고

호흡하고

유리처럼 물결처럼

나는 문득 사라져

* Sia, 「1000 Forms of Fear」.

나의 아름답고 믿을 수 없는 우연

1

반평생 두 눈을 가린 채 생활하다 끝내 안대를 벗은 사람이 있을까 빛을 처음 목격한 듯이 나는 카메라를 쥐고 세상을 담으려 애썼다 새벽이면 쉴 새 없이 스크린 위로 세상이 상영되었지만 그곳엔 내가 없었다 그런 건 다 무용한 짓이라고, 친구들은 말하지만 세상은 여전히 멈추지 않았고

엘리는 종종 죽은 친구에 대해 이야기했는데 그것은 우리의 암묵적인 금기였고 그럴 때마다 윤은 엘리를 꾸짖었다 몬데는 그저 휘파람을 불었는데
지금에 와서야 그 선율이 무슨 곡인지 궁금해질 때가 있다

원은 식물 가꾸는 일을 한다고 했다 빛을 향해 기울어지는 것들을 가꾸다 보면 누군가에게 닿는다는 게 무슨 의미인지 알게 될 거라고 믿고 있었다 그렇다면 원, 빛이 사라지고 밤이 오면 식물들이 무슨 꿈을 꾸는지도 알 수

있는 걸까

　우리들은 가끔 한자리에 모여 잘 알지도 못하는 세상일
에 관해 떠들었지만 그것이 정답인지 아닌지 알려 주는 이
는 아무도 없었다 신경 다발이 끊길 정도로 취할 때면 도
와 줘, 나는 무표정으로 말했지만 누구도 알아듣는 사람이
없었다 도와 줘 나 좀 도와 달라고…… 목각 인형이 입을
열고 닫듯 반복해도 나의 귀에 되돌아오는 건 잔 부딪히는
소리 유리 깨지는 소리

　때때로 영은 나의 손목을 붙잡은 채 거리를 뛰어다녔고
달리는 건 영의 장기였으나 나는 그녀의 폐가 터져 버리는
건 아닐까 걱정했다 그날 밤, 영은 자신의 발목을 드러내며
살짝 웃었다 LOVE LOVE LOVE, 양말에 적힌 문구

　2

　누군가를 사랑한다는 건 자신을 포기해야 하는 일이라고

엘리는 말했다 너희들 표정은 정말 사랑스럽구나 당장 너희를 죽일 정도로 아름답구나…… 취기 섞인 목소리가 흘러나올 때 우리는 엘리를 사랑하는 만큼 그녀를 부축했으며 아무도 없는 거리와 우리의 내부를 노래로 가득 채웠다

윤은 몬데와 어울리기를 좋아했다 간혹 몬데는 방금 죽은 사람인 것처럼 말이 없어질 때가 있었는데 윤은 그 침묵을 사랑했던 것 같다 폭우 속을 함께 걷기 위해서 하나의 우산만 챙기는 거라고, 쏟아지는 비에 어깨를 적시며 윤은 말했다 귀 끝에 매달린 빗방울이 흔들거렸고

때때로 원은 내게 편지를 보내곤 했는데 가끔은 알아들을 수 없는 문장들이 나를 혼란스럽게 만들었다 이를테면 '바람이 불지 않는 지점에서 꽃잎을 떨어뜨리는 힘은 무엇일까'라거나 '가만히 있는 것이 식물의 자세라면 식물이 되어도 좋았을 텐데'와 같은

점멸하는 스크린을 보며 내가 자주 떠올린 건 엘리의 얼굴이었다 발작할 때의 표정과 죽은 친구를 생각하는 표정,

슬픔을 견디려는 표정이 머릿속에서 빠르게 변주되었다 그 장면의 끝에서 엘리는 기타를 품 안에 끌어안고 연주할 때의 표정이 된다 그리고 말한다, "나는 네가 망가지려는 일을 그만뒀으면 좋겠어."

친구, 나도 네가 그랬으면 좋겠어
우리 스스로 슬픔을 싼값에 흥정하며
더는 미소를 팔지 않았으면 좋겠어
그러나 나는 알고 있지
네가 망가지는 동안 세상이 멈추지 않고
우리가 계속 웃는 이유를
나는 알고 있어
네가 나의 마음을 이해하듯이
내가 너의 슬픔을 이해하듯이

3

광장에 수많은 사람이 모인다

깃발과 구호는 그들을 하나로 만든다
시간이 지날수록
더 많은 사람들이 모여든다

개미 떼가 일렬로 먹이를 운반한다

공원에 모인 노인들이 장기를 둔다
비둘기들이 바닥을 쫀다
배식 봉사자들이 공원에 들어선다

카페 창가에 앉은 여자가 무언가를 끄적인다
서로 대화하며 웃는 남자들이 있다
꽃다발을 들고 카페에 들어가는 사람이 있다

그날의 영상은 여기서 종료된다

나는 죽은 친구의 마지막 편지를 꺼내 읽는다
'……인간에게 언어가 주어지지 않았으면 어땠을까. 너에
게 이런 편지를 적는 일도, 우리가 나눈 수많은 대화나 위

로가 전부 쓸모없었다면 어땠을까를 생각해. 너는 한 번도 우리들을 앵글에 담으려 하지 않았지. 널 미워하지 않았어. 그러나 아무도 날 붙잡지 않았어.'

4

가늠하기 어려운 시간이 지나고 나서야 안대로 두 눈을 가린 사람이 있을까 우리가 일찍부터 침묵을 사랑했다면 어땠을까 자신의 그림자를 모른 척하려는 개처럼

엘리는 종종 죽은 친구에 대해 이야기했지만 우리는 계속해서 잔 부딪히는 소리 유리 깨지는 소리

신경 다발이 끊길 때까지
세상은 점멸하기를 멈추지 않았고

'흑백 세계에서 식물은 어느 방향으로 자라게 될까', 답장을 적으면서

우리 중 누군가는 선생 역할을 맡아
서로를 도와야 했는데

아무도 죽지 않고 우리가 완전했을 때
사랑하는 만큼 서로를 부축해 주며 차도 한복판으로

달려 나갈 때

우리의 내부를 가득 채웠던 마지막 선율이 무슨 곡인지
기억나지 않았다
친구, 너는 기억하고 있을까

내일 세계가 무너진다면

무엇을 할까 무엇을 해야 할까 우리는 각자 가족의 품으로 돌아가는 게 좋을지도 모르지 어떻게 해야 할까, 누구도 대답하지 않았지만 눈을 마주치는 것으로 우리의 마지막을 암묵적으로 동의했다 가장 사랑하는 사람과 가장 사랑하는 일을 함께하는 것 너는 나에게 동화를 듣다가 잠에 빠지고 싶다고 말했다 그렇게 잠들면 동화가 꿈으로 펼쳐지고 죽은 영혼은 꿈속에서 영원히 살 수 있을 거라고…… 나는 너의 곁에서 네가 잠들어 있는 영화를 보고 싶다고 말하는 대신, "세계는 무너지지 않을 거라는 거짓말을 할 거야. 그다음 너에게 동화를 들려줄게." 너는 눈을 감았지 그리고 나는 말했다 "하지만 세계가 무너지는 일 따위는 일어나지 않으니까." "정말? 그럼 우리 내일도 볼 수 있는 거야?" "응, 우리는 내일도 무엇을 해야 할지 고민해야 할 거야." 너는 다시 눈을 감았지 그리고 나는 너에게 동화를 들려주기 시작한다 설원을 달리는 열차가 있었어 나는 열차 객실에 홀로 앉아 있었지 눈이 언제까지 내리는지 보려고, 폭설이었거든 사실 열차가 몇 시간이나 숲속을 달린 건지 모르겠어 지루함의 연속이었지 그때 열차 스피커에서 안내방송이 나왔어, "약 5분 뒤, 우리 열차는 숲을 벗어나 터널에 진입하게 됩니다. 터널을 빠져나가는 데 소요되는 시간은 약 하루입니다. 터널을 통과하는 동안 열차 내에 소등이 있을 예정이니 안전에 유의하시길 바랍니다. 감사합니다." 나는 조금 어지러웠어 있잖아, 대체 공포감은 어디서 오는 걸까? 나는 단 한 번도 어둠과 공포를 동일시하지 않았는데…… 유년에 친구들과 담력을 테스트한답시고 어두운 산이나 폐가에 들어설 때도 나는 항상 앞장섰고 가장 뒤늦게 나왔거든 어디선가 칼 가는 소리가 들린다 정신을 차려 보니 어느새 숲의 끝이 보이기 시작했지 나는 객실 문에 자물쇠를 채웠어 숨을 꾹 참았지 문득 사랑하는 사람의 이름을 떠올리면서…… 너는 잠에 빠져 있다 나는 네가 잠들어 있는 영화를 관람하기 시작한다 너는 꿈에서 열차를 타고 눈 속을 달려가고 있을 것이다 이제 나는 무엇을 해야 할까 너의 손바닥에 동화의 마지막 구절을 적어도 좋겠지 세계가 무너지는데 그 와중에 잠든 너는 아름답고

유리 새

창문과 함께

슬픔이 엎어지는 장면을 어떻게 그려야 할까 죽은 듯이 누워 있는 사람에 대해 이야기할까 행인의 발에 치이는 돌멩이에 대해 이야기하면 좋을까 죽은 연인을 그리워하다 폐인이 되어 버린 이는 어떨까

모든 마음은 외부에서 시작되잖아요
당신도 누군가를 보고 연민을 느끼며 슬퍼 우는 날이 있었잖아요

나는 한 사람에 대해 이야기하겠습니다

*

밤이 모든 새를 감추어 놓아서 나는 이 어둠이 어느 커다란 새의 입속이 아닐까 생각했다

도시의 옥상은 사람을 비참하게 만들어

저 멀리 고층 건물들이 있고 네온사인이 번쩍이고 늦은 시간에도 도로가 가득 차 있잖아 이 풍경이 자꾸 나를 작아지게 만들어서

사람이 홀로 죽을 때 곁에는 창문이 함께한다는 이야기

도무지 세상의 일이라는 게 무엇인지 알 수 없어서
오늘도 노트를 펼치고 일기를 적는 것입니다

모월 모일 모시. 날씨 맑고 추운.
오늘 외출을 했다. 오늘 네 시간을 걸었다. 오늘 바람이 많이 불어서 목도리를 샀다. 내가 좋아하는 아주 긴 목도리를. 오늘 졸리시 않았다. 오늘 굶으려 했는데 밥을 씹어 삼켰다. 오늘 세탁기를 돌렸다. 오늘 창밖이 고요해서 빨래 마르는 소리를 들었다. 오늘 읽지도 않을 책을 사 책장에 꽂았다. 오늘 늦게 자야 하는데 전구 사는 걸 깜빡했다.

아니 그런 일은 생기지 않아
그건 나의 일이 아니다

창문은 창문의 하루를 상영하는데

기하학적으로 번지는 입김

혓바닥에는 감기약 냄새

*

유리 조각으로 팔뚝을 긋던 남자가 말한다, 멈추지 않는
것이 우리의 유일한 속도입니다

*

어제는 종일 공포 영화를 연달아 보았어 친구들이 자꾸
사라지거나 죽거나 그러더라 하지 말라는 짓을 꼭 하는 사
람이 있더라 사람을 잘 죽이는 방법에 대해 골몰하다가 사
람을 기분 좋게 죽이는 방법에 대해 골몰했어 창밖에서 비
명이 들리는데 아무도 창밖을 내다보지 않더라 나 혼자 창
앞을 서성이며 비명의 근원지를 찾고 있더라 혹시 나에게

만 들리는 비명이지 않았을까? 모르는 사이에 누군가가 내 목에 기름칠을 하고 불을 붙였던 게 아닐까? 형광등이 터지기 직전처럼 점멸하고 있어 너는 어떻게 생각해? 소음과 비명을 도대체 무슨 수로 구분해야 하는 걸까

*

창밖에서

오늘 아침에도 몇 마리의 새가 울었다 너는 지저귄다고 말하지만

믿이요 너는 두 사람에 대해 이야기하고 말았습니다

소식 들었어? 너보다 세상이 먼저 망가졌대 네가 그럴 수 있다면 함께 문밖을 나가 보는 것도 좋을 거야 네가 시체를 흉내 내는 동안 발생했던 모든 세상의 일을 너에게 들려줄 거야

나의 마음이 너에게서 시작하듯이

창문 안에서

죽는 걸 멈추지 않는 연인이 있다면

소음을 내쉬면서
신음을 참아 내면서

정말?
모든 건물에 새들이 쏟아지고 있다고?
네가 물을 때

기하학적으로 번지는 감기약 냄새

나는 대답 대신 손가락을 들어
창가를 가리켰다

그곳에 커튼이 있었다

불완전하고 불안정한

무언가 말하려고 했는데, 잊지 않을 거라 자신했을 때,
알 수 없이 입술이 자꾸 뜨거워졌다

시든 꽃들을 꺾어 만든 꽃다발, 그런 걸 뭐라고 불러야
할까 저릿한 손을 펼쳐 보이자 피가 몸을 공전한다는 걸
알았을 때

물속에 얼굴을 내내 담그고
눈을 부릅뜨면
우리가 마주하게 될 것

숲으로 달려 들어간 아이들이
길을 헤매며 서로의 이름을 부른다
새 떼가 나무를 흔들며 숲을 벗어난다

멀지 않은 과거

우리는 취한 채로 새벽을 걸어 다니며

쏟아지는 눈보라, 어둠 속에서 내리는 눈은 선명해지고
어둡고 춥다
아프고 하얗다
세상을 흑과 백으로 나누며 지도에 없는 곳을 향해 가
고 싶었는데

눈보라가 스스로 속도와 방향을 제어할 수 없듯이

이름 모를 폐교, 복도에서 소리 지르며
나의 목소리를 내가 듣는 동안
너는 미래에 대해서 말한다, 하늘과 하늘색의 차이를 진
짜와 가짜에서 발견할 수 없듯이, 인간에게 온전하다는 말
이 불가능하듯이, 그저 심해어처럼, 눈에 보이는 광경이 세
계의 전부라고 믿고 있었어 그런데, 그런데……

눈송이가 어디에 떨어질지
예측할 수 없는 것처럼

발아래에 하늘을 두었다고

그렇게 믿으며

나무가 재로 변하는 시간

울타리를 벗어난 말들이
우르르 달려 나간다 사람들은 별일 아니라고 말하며
누구도 붙잡지 않는데
달려가는 바퀴
불타는 마차
숲속으로

쉬지 않고 마시지
꿈과 현실을 구분할 수 없는 건 마찬가지이니
숨을 참을 것, 그런 게 좋으니까
입과 코를 가득 채우며
연기를 만들고 노래를 부르며

이상하게 빚은 눈덩이를 쌓아 올린다

사람 세는 단위로 눈사람을 가늠하지 않고
눈사람과 눈사람이
눈사람을
넘어뜨릴 때
추운 만큼 아픔이 느껴질 때

숲이 줄어든다 아이들은 줄어들지 않고
숲을 가득 메우는
비명

새들이 땅으로 곤두박질치는 밤

돗자리 깔고 캔 맥주를 쥐며
열기를 식히려고
언젠가 칼을 쥐었던 손으로 서로의 손을 쥐고
별들을 헤아리며,
보이지 않지만

울었어?
고마워
계속해 줘 계속해서
계속할 수 없다고 말해 줘

열대야 속에서 쓰러지는 섬망증 환자
바닥에 쓰러진 채

발작하고 있는 너를

부르지 않는다
너에게 무슨 말을 하려 했는데
생각은 서서히 내게서 멀어지고

공전하던 별 무리가 궤도를 이탈하는데

너는 몸을 웅크린다
가라고,
여기서 꺼지라고, 소리치며

꽉 쥐고 있던 손을 편다
시든 꽃이었다

휘어진 칼, 그리고 매그놀리아

칼을 쥘 때 칼날을 쥐면 안 됩니다 애인을 타인의 이름으로 부르면 안 되듯이, 팔을 긋는 장면을 누군가에게 들키고 싶지 않듯이…… 인정하고 싶지 않지만

세상에는 금기가 너무 많았습니다

세상을 그렇게 이해해도 괜찮은 걸까요

아침마다 젖은 얼굴을 씻어 낼 때
얼굴에 두 손 모아 기도하는 이가 있는데

이유만 타당하다면 누군가를 죽이는 것도 누군가를 사랑하는 것도 괜찮다는 마음, 우리가 함께 타다 만 숲을 지나갈 때 당신이 짓게 될 표정을 상상할 때가 있습니다 당신은 방화범이 누구냐고 묻고 싶겠지만 지금 나는 그런 걸 말하고 싶은 게 아닙니다

내가 말하고 싶은 건……

*

인간은 왜 손안에 꽃을 쥐고 싶어 하는 걸까, 그 애는 그런 질문을 곧잘 했습니다 그 애와 함께 걷는 중에도 이상하게 나는 혼자라고 느껴지곤 했습니다

어두운 방, 한낮이었지만 창문 앞으로 새 건물이 지어진 탓에 빛이 들지 않던 나날이었습니다 라디오에선 하염없이 뉴스가 흘러나왔고 그 애는 사망자와 실종자 수를 종이에 기록하고 있었습니다 그 애가 잠깐 잠에 빠져들었을 때 나는 그 종이를 몰래 보았는데, 그곳엔 바를 정(正)이 수도 없이 그려져 있었습니다 그 순간 그 애는 인기척을 느꼈는지 잠에서 깨어났습니다 노트를 채가며 내게 물었습니다

"오늘 저녁엔 무엇을 할까?"

일기예보에서는 폭우가 온다고 했습니다

그렇습니다 빛이 기울면

연이어 그림자가 기울어지는 세상입니다

호르몬이 망가질 때까지

금기가 없는 세상이라면
그곳은 꿈속일 거라고 그 애가 말한 적이 있는데

새벽에 그 애는 나를 작게 흔들어 깨웠습니다 그 애는
말했습니다, 일어나 봐 창문이 깨질 것처럼 흔들리고 있어
　바람이 불고 있었습니다 그 애는 어딘가로 떠내려가지
않겠다는 듯이 나를 끌어당겼습니다, 저 바람이 우리를 집
어삼킬까 봐 무서워
　나는 그런 걱정은 산책을 하는 사람들의 몫이라고 말해
주었지만 그 애는 멈추지 않았습니다
　난 무서워
　네가 무서워하지 않는다는 게 무서워

　……끝내 악몽을 외면한 채 눈을 감는 것입니다

차라리 위로받지 않았으면 합니다 불타는 숲에서,
재와 연기 사이에서 비명이 흘러나오고
인간이 죽으면 저런 소리도 낼 수 있구나
하지만
그 이유를 몰라서,
나는 그렇게 되고 싶지 않아서
양초 하나를 켜 놓은 채로
방화범이 왜 불을 질렀을지에 대해 말하려 합니다

세상에서 사라지는 사람들이 있듯이
꿈속에 남겨지는 이들이 있고

괜찮다고
다 괜찮은 일이라고

그런데 혹시 말입니다
정말,
만약에 정말……

*

　그날 잠에서 깬 나는 도통 몸을 움직일 수 없었습니다 무언가에 짓눌린 듯 숨을 쉬기가 버거웠습니다 나는 오랫동안 이불 냄새를 맡았는데

　문득 곁에 그 애가 없다는 걸 깨달았습니다

　나는 주위를 둘러보았습니다 창문으로 백색의 빛이 들어오는 날이었습니다 그 빛은 따뜻하면서도 매우 평온하게 느껴졌습니다 하지만 그렇게 느껴졌기 때문에, 나는 불현듯 불안에 휩싸였고

　그 애는 거실 바닥에 앉은 채로

　한 손에 휘어진 칼을 쥐고 있었습니다 나는 힘겹게 몸을 일으켜 반쯤 뜬 눈으로 그 애에게 다가갔습니다 가까이에서 바라보았을 때 그것이 칼이 아니라 꽃이라는 걸 알게되었습니다

거실 바닥은 피로 흥건했습니다

그 애의 팔에도, 그 애가 쥔 꽃에도 피가 묻어 있었습니다 나는 놀란 마음을 억누르며 물었습니다, 왜 피를 흘리고 있는 거야? 멀리 달아나려 한 거야?

그 애는 대답하지 않았습니다 만약 부르르 떨리는 팔을 보지 못했다면 그 애가 앉은 채로 죽었을 거라 여겼을 겁니다

나는 피를 닦을 생각도 못하고 그 애의 대답을 기다렸습니다
이윽고
그 애가 입을 열었습니다

"나는 왜 분노하는지 모르겠어. 험한 말들을 쏟아내면서도 왜 살의를 감춰야 하는지 모르겠어. 아침에 나는 잠에서 깨어나 잠든 너의 얼굴을 보았지. 숨을 들이쉬고 내뱉

을 때마다 부푸는 표정을 바라보았어. 순간 나는 너의 목을 움켜쥐고 싶었어. 너의 얼굴을 베개에 묻어 버리고 너의 팔이 허공에서 헤매는 모습을…… 왜 그랬을까. 무슨 이유에서 그랬을까. 이런 마음에도 우연이란 게 작용하는 걸까? 나는 모르겠어."

생각해 보면 그때 나는 그 애가 무슨 말을 하는지 잘 이해하지 못했던 것 같습니다 나는 다시 물었습니다, 칼은 어디 있어? 칼은 어디다 두고 꽃을 쥐고 있는 거야?

꽃으로 그은 거야, 그 애가 대답했습니다 그리고 말을 이었습니다, 난 무서워 네가 태어난 날의 날씨는 어땠을지 궁금할 때가 있어 사랑은 무섭고, 전염이고, 결국 너는 날 죽일 거야 그렇지?

일기예보에서는 화창한 날씨라고 했습니다

"내일 보러 올게."

당연하게도 그 애는 다시 오지 않았습니다

지금 나는 눈물을 다 쏟고 나서야 잠기는 사람에 대해
말하는 중입니다

그렇습니다 모든 빛이 기울고 나면
밤이 시작되는 세상입니다

그 애와 손잡고 걸을 때면
절반의 기도가 얼마나 절실한지 떠올리게 되고
두 손을 모으는 사람의 마음에 대해 생각하게 됩니다

누가 꿈이라는 걸 만들었기에
그 속을 헤매며 세상과 멀어지게 만드는 것일까요

마음은
어디에서 시작됩니까

그저 내가 알고 있는 건

세상에는 금기가 너무 많다는 것

그런데 혹시 말입니다
정말,
만약에 정말……

*

그날 나는 거실에 고인 핏방울로
바를 정을 수도 없이 새기며
라디오에서 흘러나오는 노랫말을 중얼거렸습니다

이건 사랑 노래가 아니야
이건 사랑 노래가 아니야……

호르몬이 망가질 때까지

하지만 솔직하게 말하자면
이미 망가졌다는 사실을 모른 체하고 싶었던 것입니다

꿈속의 꿈속의

멀어지는 사람을 바라본다 불러도 들리지 않을 곳에서, 어쩌면

고함으로 닿을 수 있는

꿈을

꾸었습니다 꿈속에서 당신, 다정하고 부드러웠는데 지금 우린 이토록 늙고 병들어 하염없이 서로의 눈빛만 바라보는 사이가 되었습니다 기억나요? 평생 늙지 않고 눈멀지 않는 반려견, 그 개와 우리 자식들이 뒹구는 모습 말입니다 당신이 먼저 떠나고 나서두 모두 잘 살고 있습니다 울지 말아요 울지 맙시다 그러지 말고, 내게

이곳 얘기를 들려주면 안 됩니까

그 순간 당신의 목이 툭 떨어져
바닥을 구르다가 멈추고는
나를 바라보는데

평생을 꿈속에서 보낸 이가
소년의 모습으로 잠에서 깨어난다면

어느 나무 그늘 아래에서 눈을 떴다
말라 죽은 곤충들이 떨어져 있고 그것을 힘껏 밟아 나
갈 때
발밑으로
폭죽이 터지는 동안

지평선 끝자락에서

풍경을 온몸으로 밀어내며
꿈 밖으로 걸어 나가려는 이가 있었다

슬픔을 부정확하게 말할 때마다 행복과 함께 넘어졌으므로

원은 신을 죽이자며 하늘을 가리켰고

별이 잘 보이는 어느 시골의 들판

그런 걸 믿니, 단은 속으로 되뇌었을 뿐
입 밖으로 꺼내지 않았다

— 단, 꿈 이야기를 들려줄게. 너와 해변을 산책하는데
우리 둘 말고는 아무도 없는 거야. 드디어 바다를 갖게 되
었다고 네가 소리쳤어. 손뼉을 치고 발을 구르면서 아이처
럼 좋아했단 말이야. 아이처럼…… 그러다 네가 점점 작아
지더니 정말 아이로 변하더라

— 유치해.

— 도움을 청하려고 해변을 빠져나가려 했어. 해식 절벽
본 적 있어? 정말 가파르고 위험한 절벽인데 내가 그 절벽
을 너무 잘 오르는 거야. 오르면서 스스로 감탄했어. 끝내
그 절벽을 다 올랐다니까.

— 원래 꿈이라는 게 그래.

— 그런데 말이야. 절벽을 다 오르고 나니까 그곳에 또 바다가 있었어. 절벽 밑을 내려다보니까 정말이지 바다 아래에 바다가 있는 거야. 너는 여전히 아이의 모습으로 손뼉을 치며 발을 구르고 있고…… 너에게 그 장면을 보여 주고 싶다. 어떻게 묘사해야 네가 이해할 수 있을까.

그들도 언젠가 소년이었던 적이 있었다
단은 미성숙한 아이였다 아무 거리에서나 분노를 표출했고
자주 취했지만 길을 잃진 않았어
원은 그동안 자신이 죽인 숫자와
앞으로 죽일 숫자가 같아질까 봐 추위 속에서 손발을 떨었지
그리고 어느 오두막에서의 일이다
밤새 취해 있던 둘은 날이 밝아서야 강물에 발을 담그고
서로의 슬픔을 공유하려 했지만 뜻대로 되진 않았다

무엇도 뜻대로 되지 않는구나, 원은 그것을 슬픔이라 이해했다

그곳에서 단과 원은 푸른 성을 세웠다

언젠가 성벽이 조각나 깔려 죽게 되더라도

서로를 형제처럼 여기고 오랫동안 세상을 증오하며 살겠습니다, 아멘

맹세했다

— 단, 행복한 이야기를 들려줄게. 정신을 차려 보니 어느새 나는 꿈속이었고 발끝을 보고 있었어.

— 반성을 하고 있던 거야?

— 성당이었어. 주변 모두가 기도하는 중이라는 걸 알아차렸지. 나는 조심히 고개를 들어 앞을 쳐다봤어. 그러자 기도하던 모든 사람들이 날 쳐다보는 거야.

— 행복했어?

── 행복했어.

두 사람의 마음이 중력에서 벗어나 떠오른다
장미성운이 손에 닿을 듯

그러나 그들의 육체는 여전히 들판 위에서 눈을 감고
있다

── 있잖아, 단. 이번엔 무서운 이야기를 들려줄게. 신과
하늘에 대한 이야기인데……

그래그래 그런데 있잖아 지금 분명 눈을 감고 있는데 어
둠 속에서 빛이 산란하고 눈부셔

열이 나고 모든 게 불분명해졌어, 단이 말했다

Bye Bye Baby Blue

남자는 성대가 병들 때까지 어느 친구에 대해 노래했는데 당시에는 그 친구가 소년인지 소녀인지 알 수 없었으나 후에 남자가 죽고 나서야 소녀인 것으로 밝혀졌다 그 사실이 밝혀졌을 때 소녀는 더는 소녀라고 불리지 않았지만 남자가 노래한 인물은 언제나 과거 속에 머무는 소녀였다

그러나 우리는 소녀를 동경했고 그 소녀는 이미 죽은 지 오래전이며 얼굴도 알지 못했으나 우리는 소녀의 모든 것에 대해 아는 척했으며 우리는 소녀가 친구와 그러했듯이 하나의 담배를 돌려 피웠지만 우리는 가깝고도 먼 사이, 멀고도 가까운 사이, 어느 쪽인지 가늠하지 못했지 우리는 우리는 그러니까 우리는

무엇에 대해 노래해야 하는지 알 수 없었고 그것이 무슨 의미인지 알 수 없었다 그보다 서러웠던 건

아무도 우리를 위해 노래 부르지 않았다는 사실이었다

*

소녀는 액셀을 밟고 밟아도 끝없이 농장의 풍경만 펼쳐

지는 주(州)에서 태어났다 그곳에서 소녀에게 위안이 되는 것이 있다면 다락방의 먼지 쌓인 책, 빛바랜 표지의 앨범과 이름 모를 배우들이 등장하는 무성 영화, 그리고 그런 것에 관심 없는 남자 아이들뿐이었다

그들과 함께 농장을 헤집으며, 담뱃잎을 씹어 대며, 개를 걷어차면서

멍청이들,

반세기 전의 일이었지만

당시 소녀가 주변 또래들을 그렇게 부르는 마음을 우리는 이해했다고 생각했다 우리는 서로를 부를 때 이름을 사용하지 않기 시작했고 우리는 떠돌이 개를 걷어차고 돌팔매질했으며 우리는 지겹고 지루하기 짝이 없는 이 도시를 벗어나려 달리고 또 달렸다 멍청이들

*

무대에 오른 댄서들의 춤은 점점 속도가 빨라지고 있었다 남자는 아까부터 대기실 구석에 서 있는 두 사람이 신경 쓰였다 두 사람은 빠른 속도로 머리를 위아래로 흔들고 있었다

멈춰 멈추라고,

남자는 머리를 흔드는 두 사람이 누구인지 알 수 없었다 거울로 보면 두 사람은 보이지 않았다 헛것을 보고 있는 거라고, 남자는 지난밤에 여러 알약을 술과 함께 삼킨 것이 문제라고 생각했다

남자의 심장은 급격하게 뛰는 일이 잦아졌고 그럴 때면 호흡을 가다듬기보다는 가슴 왼편에 손을 포개어 어느 속도로 죽어 가고 있는지 가늠했다

……춤의 속도가 빨라지고 있었다

*

 "……그러니까 아무도 모를 거라는 겁니다. 언젠가 그는 창문을 조심히 두드리는 것으로 저를 잠에서 깨웠습니다. 우리는 창문을 사이에 두고 대화를 나누었습니다. 무슨 일이야? 아직 해가 뜨지 않았어. 그는 주변을 둘러보더니 대답했습니다. 그렇구나. 아직 해가 뜨지 않았어. 그러고는 다급하게 쪽지에 무언가를 적더니 저에게 건네주고 어디론가 달려갔습니다. 제가 급하게 집 밖으로 나왔을 때 이미 그는 시야에 보이지 않았습니다. 저는 잠시 하늘을 올려다보았죠. 그가 증발해 버린 건 아닐까 하는 마음으로…… 쪽지요? 쪽지엔 하나의 문장이 적혀 있었습니다.

 지금 너의 얼굴이 이상하게 보여

 저는 지금도 그게 무엇을 의미하는지 알 수 없습니다. 그러니까 아무도 모를 거라는 겁니다. 그가 왜 죽었는지 말이에요."

*

    그러나 우리는 우리 중 누구도 쉽게 죽지 않을 것이고 그것은 단지 믿음이었으나 우리는 시샤를 피우며 폐에 물방울이 맺혀 흐르더라도 우리는 우리 팔에 새긴 글귀가 무엇인지 잊은 채로 우리는 우리를 이름으로 불러야 하는데 우리는 노래할 대상이 없어서 우리는 이유를 모르겠어서 우리는 우리가 시작되기만을 기다리는데……

조각 꿈

하나의 입술로 너무 많은 이름을 낭비했구나
내가 나를 모르면서 너를 부르고
또 너를 부르고

슬프다고 말했다
의미가 퇴색될 때까지
계속해서 슬프다 슬프다 슬프다고
중얼거렸어

나는 우리라는 이름 안에서 망가지고 있다

안타까워 사랑을 불신하는 세상 사람들이 마음의 벽을
향해 돌을 던지고 뒤돌아서는 순간 벽이 와장창 무너지고
안타까워 나는 내가 무너질 때마다 억울하고 분해서 어금
니에 금이 가도록 이를 다물었다 입속에서 무언가가 씹힐
때마다 너의 창문도 깨져 있겠구나 너도 많이 안타까웠구
나 그런 생각이 들었고 너의 마음에 돌 던진 이를 모두 죽
여야겠어 안타깝다 이제 나는 죽기 전에 해야 할 일이 생
겨서 죽지도 못하지

몇 개의 주먹이 쌓여야 하나의 시체가 완성되는 걸까

너를 바라볼 때마다 나는 한 번도 한 적 없던 미래 생각
에 빠졌다
너보다 하루 먼저 죽는 것, 너 때문에 그게 나의 꿈이
된다면

우리의 기분과는 별개로
세계는 폭설로 잠기는 중이지

낮은 곳에서 떨어져도 우리는 서로의 이름을 신음해야
했는데

자제력을 잃고 있어 전에는 어땠는지 기억 안 날 만큼
무작위로 울고 빛이 조각났어 다음 날 잠에서 깨면 잊고
싶은 것만 기억에 남고 모조리 잊어버렸지 무언가를 인간
이라 부르기 위해서 몇 리터의 피와 물이 필요하고 얼마나
많은 양의 선악이 필요한 걸까 꽃을 꺾으며 생각했다, 사랑

은 폭력에 가깝지만 폭력은 절대 사랑이 아니라고······

그러나 폭설은 쏟아지기를 멈추지 않는다

오늘은 눈이 내린다고
내일도 눈이 내린다고
어제부터 사람들은 떠들었다

내일도
모레도

우리의 불행에는 이유가 있을 거라고 착각할 때
우연을 운명이라고 잘못 들었을 때

눈보라 속에서 웃는 누군가를 보았어
어서 오라고, 손을 흔들었다 나는 침묵하기를 좋아했으
나 사람들 앞에선 입가를 찢어 미소를 지어야 했지 그것이
슬프고 슬퍼서····· 옥상 난간에 서 있을 때 같이 서 주는
이가 누구일지 상상했어 나는 나의 마음 안에서 망가지고

있다 온 풍경이 얼어붙는데 나 홀로 화상을 입었어 어서
와, 이곳은 하늘이 너무 높고 나는 바닥과 가깝다 사람들
은 웃고 있다 사람들은 입술을 길게 찢으며 웃고 있어 우
리는 울지 않는다 우리는 겨우 웃음을 지어내지만 울지 않
는다 침묵, 그 뒤의 두 번째 침묵

　몇 개의 사랑이 쌓여야 하나의 이별이 완성되는 걸까

　너를 바라볼 때마다 나는 한 번도 겪은 적 없는 슬픔,
슬프다 슬프다 슬퍼서
　곤죽이 되도록 망가지는 것, 그게 나의 운명이라면

　빛이 쏟아지는 시간이면
　두 눈을 묶어 두고

　우연이 운명으로 전염될 경우의 수를 헤아리는 일

　나는 내일 밤 꿈의 장면에서 미리 망가지고 있는데

나의 기분과는 별개로
세계는 소음에 잠기는 중이었지만

우리들은 프리즘 속에서 갈라지며 (상)

1

폭우 속에서 비명을 지르면 젖은 비명이 되는 걸까

앵무새는 우리들의 말을 곧잘 따라하곤 하였으나 그것
은 우리가 복제한 또 다른 슬픔
과거는 인간을 잊지 않는다, 이 말은 우리들의 신조
세상 사람들은 과거를 잊은 듯 보이는데

원은 모든 것이 운명이라고 믿었다 죄는 시간을 따라 흐
르기 때문에
죄를 지으면 미래에 괴로울 거라고,
그 말을 엘리도 윤도 영도 믿었다
몬데는 무엇을 믿었을까
이제 나는 우연을 믿고 싶다

그때쯤 우리들은 네 평 남짓한 방에서 모여 살았다
어느 날 우리 중 누군가가 천사와 악마에 대한 게임을
제안했다

── 죽어 본 적 있어?

있다고 대답한 친구들은 모두 악마 코인을 받고
함께 잔을 기울였다

당신의 머릿속은 망가진 퍼즐 같네
나는 당신이 잃어버린 마지막 조각
그래서 나는 숨어 버렸지
미안해 나는 숨어 버렸네

나는 어항의 열대어들이 떼로 움직이는 모습을 바라보
았다
그들이 몸을 흔들며 만들어 내는 물의 꼬리

아이들은 울지 않아요
단지 숨을 쉬는 것뿐
당신에게 숨이 필요하다면
당신에게 숨이 부족하다면

열대어에게도 패턴이 있을까
그들도 그런 걸 이해하고 움직이는 걸까

— 쟤, 벌써 뻗어 버렸잖아.
— 코인을 봐. 악마가 잔뜩 쌓여 있어.

취기에 못 이겨 엘리가 바닥에 엎어진 채로 꿈틀거리고
있었다 우리들의 게임은 중단되었고
나와 몬데는 어느 코인도 받지 못했다

백색의 천사 코인
흑색의 악마 코인

천사와 악마, 천사를 닮은 악마, 악마를 닮은 천사, 천사
를 죽인 천사와 악마를 살린 악마, 그리고⋯⋯

2

 망치질하는 소리에 잠을 깬 늦은 오후, 윤은 우리의 현관에 '방공호'라 적힌 팻말을 걸었다 영은 방공호라는 단어가 자신을 숨고 싶어지게 만든다며 울부짖었고 나는 그런 모습이 낯설었다

 방공호는 원이 기르는 식물로 가득 차게 되었다 밤이면 서로의 팔다리가 뒤엉키는 줄도 모르고 잠들었지만 화분을 끌어안은 채 깨기도 했다 지금 생각해 보면 그는 방공호보다 숲을 원했는지도 모르지만

 때때로 몬데는 늦은 새벽까지 돌아오지 않았고 우리 중 누구도 그에게 이유를 묻지 않았다 그러나 갈증에 깬 어둠 속에서…… 몬데가 가만히 선 채로 잠든 우리를 내려다보는 걸 나는 보았다
 "뭐하는 거야?"
 "이건 아무것도 아니야. 그냥 너희 전부를 보고 싶었어."
 더 이상 그에게 이유를 묻지 않았다

3

정신을 차렸을 때 나는 골목이었고 괴한들에게 얻어맞
고 있었다 잘못 본 게 아니라면 몬데는 얻어맞는 나를 힐
끗 보며 골목을 지나쳐 갔다

나는 손등을 물어뜯는 데에 재주가 있었다 언젠가 선생
이 내게 말했다

— 견딜 수 없을 때는 손등을 물어뜯으면 돼.
— 어째서?
— 손등을 견디는 게 더 어렵다는 건 알게 되기든.

그 외에도 나는 견딜 때마다 생각을 멀리 보낼 줄 알았
으며, 대체로 그 생각들은 눈알을 하늘에 띄워 이곳저곳을
살펴보는 것과 비슷했다 생각을 멀리, 더 멀리 보낼수록 머
릿속에는 더러운 영상이 흘렀는데 나는 그것을 끄집어내
누구에게라도 보여 주고 싶었다

언젠가 나의 눈알들이 적란운과 함께 떠다닐 때의 일이
었다
지명을 알 수 없는 어느 초원에서
사람들이 한 마리의 양을 둘러싸 죽도록 패는 것을 보
았다
아이는 눈가를 훔치고 있었는데

그들의 언어를 알아들을 수 없었지만
"이걸 먹을 거예요?" 아이는 그렇게 말했을 것이다

양은 말뚝에 묶인 채 비명을 지르고

피를 흘리고 나면 사람의 내부는 무척 따뜻하다는 사실
을 알게 된다

방공호로 돌아오면 깨어 있는 누군가가 붕대를 감아 주
었고 사랑한다 말해 주었다

4

축하해, 소리 내어 말하고 나면
우리의 축하는 사소해지고

촛불을 불기 전에
없는 소원마저 만들어 빌면서

말하면 안 돼
그것을 말하면 안 된다고 중얼거린다

앵무새는 우리의 축하를 복제하는데

처음 생각해 낸 이는 누구일까 어둠 속에서 축하하는
방식을

어항에 비친 촛불 때문에
열대어는 불 속에 있는 것처럼 보이고

누군가는 숲이 타오른다고 말하지만

촛불이 꺼지자
우리들은 완전한 어둠 속에 있었다

이제 우리들은 같은 얼굴 되었네
애인에게서 귀 하나를 잘라 간다면
오직 하나의 사랑을 들을 거라 착각하지만
우리들은 하나의 귀를 달고 모든 사랑을 들었다네

어둠 속에서

흑색의 천사 코인
흑색의 악마 코인

우리들은 프리즘 속에서 갈라지며 (하)

1

엘리는 기묘한 자세로 문에 기대어 있었다
누군가가 그녀를 열면 당장이라도 쓰러질 것처럼

엘리는 지금 어느 경계선에 있고 그것을 입 밖으로 꺼내
면 안 된다는 걸 나는 알고 있었다

너라면 알고 있겠지 내가 좋아하는 약속 시간은 곧, 이
라는 것을

2

영과 원, 그리고 내가 방공호에 있을 때의 일이다

그날 우리 셋은 불면에 매료되었다 끼니를 거르고 창고
에 쌓인 병들을 함께 비우며 노래했다 우리는 어디까지 망
가져야 하는 걸까

서로의 손을 붙잡으며

마음이 조각나듯 아프다고, 영은 말했다

마음은 눈으로 볼 수 없고
만질 수도 찢어질 수도 없는데
그래 본 적 있는 것처럼 아프다고

원은 화분 쪽을 보고 있었는데 어쩌면 잎을 세어 보고 있었는지도 몰랐다 제각각 우리들의 이름을 붙여 준 식물들, 그것들이 잘 자라는지 보려고

나의 눈 밑에 든 멍이 아직도 푸른색일지 궁금했다 나의 얼굴이 영과 원에게 어떻게 보이는지 알 수 없었다

"영, 내가 위로에 서툰 사람이라 미안해. 이제 나에겐 사랑하는 사람과 죽이고 싶은 사람만 남았어. 지난 계절에는 죽어야 하는 사람을 노트에 적어 나갔어. 죽어야 하는 사람과 죽이고 싶은 사람은 다른 거 알지? 살의도 죄가 되는

걸까? 나는 이런 말밖에 할 줄 몰라. 미안, 나의 고백이 너에게 위안이 되었으면 해."

　그리고 그날 우리 셋은 죽이고 싶은 이름을 적기 시작했다 그것은 하나의 살생부가 되었다
　적고 적어도 끝이 없었다

　3

　용서받고 싶다면 죄를 다 꺼내 보이라고,
　코인을 쌓아올리며 과거를 고백하는 밤

　우리는 각자의 죄를 고백하기 시작한다

　들어 봐
　이것은 나를 망가뜨린 시간의 기원이야

　어렸을 때 운동회 날이면 학교 정문에는 먹을거리나 장

난감을 파는 상인들로 가득했고 그것이 테마파크처럼 보였다 그중에서 친구들의 관심은 병아리에 모였다

"이제 네 차례야."
친구의 말에 나는 옥상 아래를 내려다보았다 몇 마리의 병아리가 절뚝거리고 있었다 땀에 젖은 체육복을 입고 나는 덜덜 떨었다

들어 봐
이것은 너를 괴롭히는 꿈의 윤리야

끝없는 꿈을 꿨다
어느 건물에서 시작된 불길이 도시 전체로 번지고 온 나라가 타들어 가고 사람들이 죽어 가는데 타지 않는 내가 그 광경을 보고 있었다 더는 전소될 것이 없다고 생각되는 와중에도 불길은 계속해서 타오르고 나는 화재 속에 방화범도 포함되어 있다고 생각하니 웃음이 나왔다 두 눈이 부어오를 정도로 시큰거리는데 웃으며 눈물을 흘렸다 끝없이 타올랐다 꿈이 끝나지 않았다 그 꿈에서

언제 깨어난 것인지 분간되지 않는다

들어 봐
이것은 우리를 속이려는 알 수 없는 우연이야

어느 밤에는 내가 바다에 잠겨 있었다
어쩌면 그곳은 커다란 욕조거나 저수지일지도 몰랐지만
나는 나보다 거대한 눈을 마주할 수 있었다

— 고래가 나를 삼키는 꿈을 꾸었어.
— 그래서?
— 깨어났을 때는 유년으로 돌아가 있었고 나는 다시
자라서 내가 되었어.

우리 중 누군가는 울기 시작하는데

비어 가는 잔과 노래
비어 가는 병과 슬픔

열대어의 세계는 작고 작은 어항

── 어떻게 생각해?
── 진부해.
── 우리랑 다를 바 없으니까.

영혼의 세계는 작고 작은 육체

내가 피 흘리며 방공호로 돌아왔을 때 엘리는 쓰러진
채 발작하는 중이었다

모두가 엔리를 둘러싼 채 발만 구르고 있었다 그러나 영
은 엘리를 향해 소리쳤다, "네가 나빠. 나들 잘 감추며 사
는데. 발작하는 네가 나쁜 거야."

슬픔을 감추지 못하면 악한 사람이 되는 걸까

앵무새는 엘리의 호흡을 따라하며
목소리를 망가뜨리고 있었는데

누가 그녀를 열고 난 뒤 닫지 않은 것일까

엘리, 나도 곁에 누워 너의 고통에 공감하고 싶어 죽음
이 무엇인지 오래 골몰하고 싶어
망가지는 건 우리의 육체일까 영혼일까
발작하는 너를 돕지 않으면 나는 악한 사람이 되는 걸
까 나는 왜 선한 사람이 되고 싶은 건지 모르겠어 죽을 때
까지 위선적으로 살면 선한 사람이 되는 걸까
몬데는 왜 우리에게 아무 말도 하지 않는 거지?
너의 영혼은 어디로부터 달아나고 있는 거야?
엘리, 엘리……

주치의는 언제나 나에게
괜찮다고, 조금씩 나아질 거라고 말하지
시간이 지나고
조금도 나아지지 않았다는 걸 알았을 때
나는 많은 양의 알약을 쥐고 있었는데

다시 유년으로 돌아간다면
슬플 때마다 슬프다고 말해야지
싫으면 싫다고 말하고
죽이고 싶은 사람을 죽이는 사람이 되어야지

사람들은 문제라고 말한다
눈 한번 딱 감고 모른 척하라고
좋은 게 좋은 것이지 않겠냐고,
사람들은 내가 문제라고 하지만

천사와 악마, 천사를 닮은 악마, 악마를 닮은 천사, 천사
를 죽인 천사와 악마를 살린 악마, 그리고……

— 어떻게 생각해?
— 아까보단 흥미롭네.
— 우리랑 다를 바 없으니까.

4

방공호에서의 마지막 날, 우리들은 먼 숲으로 들어가 기르던 것들을 묻고 돌아왔다

살생부를 드럼통에 넣어 태우면
회색 재가 눈보라로 쏟아지는데

우리 마음은 우리 세대에서 끝난다

다음에는 내가 좋아하는 약속 시간에 만나기로 하자
새끼손가락 걸고

골목을 나누어 걸으며 우리들은 분명하게 갈라진다 서로에게 손을 흔들며
우리도 모르는 사이에
우리를 속이는 세계 속으로

우리들이 한날한시에 태어났다고

사람들은 노래했지요 그러나
언제나 타인
언제든 타인

이토록 작고 작은 세계는 아름답고 아름다워서
하나의 소실점에서 다시 만난다면

우리들은 그곳에서 불을 끄고 춤을 추겠지

── 누군가의 마음을 계획적으로 죽이려 한 적 있어?

꿈속에서 나는 천사와 손을 잡은 채 걷고 있었다
남은 손은 악마와 함께

백색의 천사 코인
흑색의 악마 코인

한가득 주머니에 넣고

Parachute

내가 옥상 문을 열었을 때 너는 난간에 서 있었고 나는
그 뒷모습을 바라보았다

"볼 수 있을까? 세계의 반대편을."
"어떻게?"
"땅속 깊은 곳으로, 깊게 들어갈 수 있다면."

나는 뒤에서 너를 끌어안았다 혹시라도 떨어지면 내가
펼쳐지려고

며칠 전에는 너에게 그대로 있어도 괜찮다고 말해 주었
지 나는 너를 조율하거나 고칠 생기기 없나 가능하면 너도
그랬으면 좋겠어 우리가 망가신 채로 서로를 연주하면 비
명을 듣게 될까

그러나 나는 여전히 너의 뒤를 안고 있다 나의 뒤에는
아무도 없다 어쩌면 너는 고장 난 낙하산을 메고 땅속 깊
이 박힐 수도 있겠지만

그리고 꿈에서 우리는 추락하고 있었다

머릿속에는 너에게 하고 싶은 말이 많았는데 그저 사랑
한다고, 사랑한다는 말만 반복하였다

머리가 으깨질 때까지

반복하였다

후유증

안녕 잘 지내요? 저예요

어제는 하루 종일 잔을 비웠습니다

성당에서 종이 울릴 때마다 네 잔씩 마시다 보니

금세 터질 듯 하더군요 광장에서 두 블록 떨어진 성당인데요

그 종, 소리가 유독 예쁜 거 알아요? 들려주고 싶은데

맞아요 미안합니다 나는 당신이 처방한 규율을 어겼어요

오늘도 지난주에 대한 이야기를 하겠습니다

사실 크게 다를 바 없습니다 때에 맞춰 약을 먹고 때에 없이 술을 마시고

자고 싶을 때 자 버렸죠 그렇게 하지 않기로 당신과 약속했는데…… 아마도 나는 당신의 규율이 싫은가 봐요

지난 계절, 나는 이미 망가진 상태라고 말했는데

당신은 계절이 바뀌고 나서야 내가 망가졌다고 진단했잖아요 이미 늦었어

이상하게 슬펐어요 그때가 당신에게 느낀 두 번째 슬픔이었습니다

첫 번째 슬픔에 대해 말해 볼까요

당신에게 책을 추천받았을 때의 일입니다

당신은 나를 상실로 인한 중독 증상이라 진단했잖아요 인디언 서머에 관한 책…… 그것으로 나의 마음을 치유할 수 있을 거라 했지만

그 책 별로였어요 나는 불안에 중독된 사람이라고

당신에게 몇 번이나 말했는데 참

페이지를 찢어 담뱃잎을 말아 피웠지요 고통을 다 이해한다는 듯이 구는 사람이 제일 싫어

그때가 처음 슬펐지 눈물도 핑 돌았는데

꾹 참았어요 눈물도 살의도 불안도 전부

있잖아요 나는 골목을 걸으면 자주 뒤를 돌아봐요 그림자는 나의 가장 큰 적이고요

나는 누구에게도 들키고 싶지 않죠 평생 눈이 내렸으면 좋겠어요 옷을 두껍게 입고

또 입고

챙이 커다란 모자, 턱 끝까지 뒤덮는 마스크, 두꺼운 머플러 같은 것

질긴 가죽 장갑을 끼고

남들에게 피부 한 조각도 보여 주고 싶지 않습니다 그것이 얼마나 부끄러운지 알아요?

사람들은 몰라 남들은 모르지 반팔을 입을 때마다 나는 팔을 잘라 내고 싶었어

여름은 알고 싶지 않은 것도 알게 만들잖아요 늦더위가 쏟아지는 날에는 친구의 팔뚝에 칼자국이 있다는 걸 알게 되었습니다

미안, 이건 잡설입니다

사실 오늘은 중요한 말을 전하려 편지를 적었어요

당신이 나의 증상을 거짓이라 의심했을 때

나도 그 기척을 느껴 버렸어요 당신이 날 의심하고 있구나 나를 그냥 웃는 사람이라고 판단하는구나 나, 당신을 많이 믿었는데

그때 당신은 모욕한 거야 나를 마유을 슈퓨을

당신이 진료실에서 동료외 앉아 위스키를 마시던 밤, 기억해요?

사실 그날 당신을 찌르려고 찾아 갔었어요 죽일 생각은 없었어 그냥 찌르려고

그러나 당신이 동료와 나누는 대화를 듣고 얼어 버렸지 열린 문틈으로

당신이 나에 대해 떠드는 소리를

……귀를 자르고 싶다

당신도 무슨 선서 같은 걸 하지 않나요? 비밀을 지켜 준다는 그런 것

문밖에서 나는 칼을 쥐고 덜덜 떨고 있었어

이제 강박적으로 머리맡에 칼을 두고 자요 당신은 이 증상의 원인을 무엇이라 진단할까요

당신이 당신이라고 했으면 좋겠다

사랑도 사람도 아니고

당신이었으면 좋겠습니다

걱정 마요 이곳은 시도 때도 없이 눈 내리고

옥수수 밭 사이로 열차가 지나가는 곳

당신과 나의 불안은 닿을 수 없는 곳에 있으니까

아, 지금 막 성당에서 종이 울리는데요 세 잔도 다섯 산도 나의 규율은 아니죠

알다시피 나는 겁 많은 사람이지만 이제는 잠들기 전까지 취한 채 실실 웃을 줄도 압니다

다시 잔을 비우러 가야겠어요 이 종소리, 정말로 함께 듣고 싶었는데

당신이 골목을 걷다 자주 뒤돌아봤으면 좋겠다

문틈을 유의해요
그럼 안녕

인디언 서머

사라질 거라면 다가오지 말아요
다정함은 밤과 잘 어울리고요
당신은 손이 따뜻한 사람이고
그것이 날 못 견디게 하잖아요
나에게 다가오지 말아요
나는 당신을 계절처럼 불렀지요
인디언 서머
인디언 서머

*

밤의 극장은 아름다워 나는 영화보다 극장을 더 사랑했지 당신을 밤의 극장으로 데려갔어 내가 사랑하는 걸 사랑하게 하려고

"비밀 하나 말할게요. 내가 만약 누군가를 죽여야 한다면, 그러면 안 되겠지만, 정말 단 한 사람을 죽일 수 있다면, 나는 밤의 극장을 무대로 선택할 거예요. 은밀하게 나의 정체를 알리고 싶지만 힌트를 주는 건 세련되지 않으니

까…… 나는 아름답게 보여 주고 싶어요. 어두운 극장 내부에 조명 두 개 정도면 시체는 충분히 아름다워 보이겠죠. 시체를 처음 발견한 이가 느끼는 감정은 당혹과 공포가 아니라 어떤 신비에 가까울 거예요. 어때요?"

*

문득 맨 처음 대사가 기억나지 않았다

영화 속 인물이 말했다, "화려한 연극은 계속되고"

나는 그 인물을 따라 "너 또한 한 편의 시가 된다는 것"이라고 읊조렸다 그것은 휘트먼의 시 구절이었고 영화의 마지막 장면이었다

엔딩 크레딧에는 수많은 이름들
당신은 동명이인을 찾는 것으로 미래를 알고자 했다 영화의 내용이 당신의 운명과 같아질까 봐

신과 인간의 차이점이 있다면 신은 침묵하지만 인간은 자신이 만든 세계에 각주를 끌고 다닌다는 점 아닐까

마침내 당신은 같은 이름의 배우를 찾아내면서

*

그러나 당신, 그렇게 죽지 않기로 했잖아요 사람들은 당신의 죽음을 사고사라 여겼지만…… 당신이 어느 깊은 숲속에 홀로 걸어 들어가 시 한 편을 묻어 놓았다는 것을, 당신의 배우가 영화 속에서 그렇게 했다는 사실을 나는 발설하지 않겠어요 나의 배우는 입이 무거운 사람, 나는 당신의 시체를 밤의 극장으로 옮길 수도 있고 그곳에 조명을 놓을 수도 있겠지요 당신의 시체는 우리 사랑에 대한 각주가 되고 당신의 시는 연서가 되면서…… 우리의 화려한 연극은 계속되고요 당신은 계절이 아니지만 나는 당신을 계절처럼 불렀지요 인디언 서머 인디언 서머

로스트 하이웨이

외면하고 싶었다 기억하고 싶지 않은 사건과 기억하지
않아도 되는 사건 사이에서

석고상을 조각하는 사람은 어느 표정을 사랑할까
나는 내가 충분히 슬프지 않다는 게 두려워
심판을 기다리는 사형수의 심정으로 세상을 내려놓거나
망가뜨리고 싶었지

우리의 시간은 서로 다른 속도로 흐른다는 말
나는 침묵에 잠기고
네가 사랑에 잠기는 순간

해변에서 자살을 결심한 이는 오늘도 사살에 실패한다
파도는 그가 망설이던 발자국을 지우지만
실패하고 떠나는 발자국은 그대로

눈물 안에서 익사하는 마음
눈물 안에서 익사하는 눈물

그날 우리는 날이 저물고 사람들이 사라지는
고요가 찾아오는 시간을 기다렸고 밤의 도로는 끝이 보
이지 않았지
우리는 우리가 어디까지 갈 수 있을지 몰라
호수를 산책하자고, 네가 액셀을 밟아 속력을 높이면
끝없이 이어지길 바라는 터널, 그곳을 빠져나왔을 때
가늘고 기다란 빛 하나가 나를 관통하는 기분이 들었다

달이 부서질 듯이 기울어진다

호수 위로 밤하늘이 펼쳐지자 나는 호수에 잠겨 버렸다
수많은 가로등도 수많은 아파트도 단 하나의 달도 모두 잠
겨서

네가 왜 호수에 오고 싶어 했는지 알아 바다는 파도를,
숲은 나무를 반복하지만 이곳은 그렇지 않다는 걸 알아서

산책로에는 산책로의 규칙이 있으나 밤은 혼절하고 잔디
는 뒤엉키고, 너무 늦었어 죽기에는 너무 많은 숨을 쉬어

버렸으니까, 마음은 자신조차 알 수 없는 것

　어제와 오늘의 일상이 똑같다면, 그렇게 매일을 보내며
하루하루를 구분할 수 없게 된다면,
　시간이 뒤엉키게 된다면

　달이 부서질 듯이 기울다가 끝내 부서지지 않듯이
　얼굴 위에서 눈물이 갈라지지 않듯이

　조각을 끝마친 사람은
　자신의 표정과 석고상의 표정을 비교하며,
　웃거나 울거나
　아니면 그 중간쯤의 표정으로,
　그러나 완성된 석고상은
　영원히 그 표정을 유지할 것이다

　되돌릴 방법도 없이
　되돌리고자 하는 마음을 가진 채

몇 번이나 자살에 실패한 이는 다시 해변을 찾아간다
바닷속으로 이어지는 누군가의 발자국을 바라본다

우리는 동시에 죽지 못할 거야
나의 시계와
너의 시계 초침이 어긋나게 움직이고
어디까지 갈 수 있는지 모르지만
어디서부터 왔는지 과거를 잊고
그러나
우리는 분명 밤의 도로를 지나왔는데

죽은 사람은 이제 기억을 버린 채 사라질 것이다
남은 사람들이 그를 기억할 것이다

달은 다시 떠오른다

나의 두 눈에서 갈라지는 너
너의 두 눈에서 익사하는 나

호수를 떠나 다시 밤의 도로로, 그러나 우리의 대화 대
신 음악이 흐르지
청력이 무의미해질 때까지

어디라도 좋겠어 계속 계속 계속해서 가빠지는 속력과
관통하는 빛과
가라앉는 표정과
무작위로 분열하는 마음과

침묵에 잠기지 않고
사랑에 잠기지 않는다면

나는 빌고 빌었지
우리가 세계에서 온전히 제외되기를, 그게 아니라면 세
상 전부 망가뜨려 달라고
얼굴을 적시며 빌었다
나의 작은 신에게

폭우 속에서 망가진 우산을 쥐고

당신이 금요일을 사랑해서 금요일에 만났다
금요일이면 같이 커피를 마시고
골목을 걷고
그러나 이상하게도 함께 식사를 한 적이 없지
저번 금요일에는 그림을 그렸다 내가 빈방을 스케치하는
동안
왜 사람을 그리지 않는 거죠, 당신이 말했다
다음 금요일에는 무엇을 할까
아내를 지독하게 사랑했다던 화가의 전시를 본다
아내가 바이러스에 감염되어 사망했대
화가는 신을 찾았을까
우리는 갤러리를 걸으며 화가의 미래로 향한다
저기, 저 새가 우리를 쳐다보고 있어요
교회가 세워진다
악마를 그렸구나 불구덩이에 화가의 미래가 있어
그런데
우리 미래는 어디에 있어?

*

누가 액자의 간격 같은 걸 정하는 걸까

　나는 관람객을 관람하고 있을 죽은 화가의 영혼을 상상
했다 그는 떠나는 관객을 웃으며 마중했으나 뒤돌아서자마
자 표정을 굳힐 것이다 누구도 자신의 이야기에 귀 기울이
지 않는다는 사실을 알고 슬픔에 빠질 것이다 그들이 관
심 갖는 건 그의 감각뿐이었으므로

　죽음 뒤에도 죽음이 기다리고 있을까

　숲 너머로 또 다른 숲이 보인다면
　빛 한 점으로 어둠을 밝힐 수 있다면
　가라앉고 가라앉은 곳에 평행 세계가 있다면

　죽고 또 죽고 싶은 이야기들

　어느 날 시나리오는 완성된다

음악 없는 세계에서 춤을 추는 무용수들과 예정된 희극을 축하하며 건네는 술과 사랑하는 이에게 오트밀 한 줌을 사 주기 위해 헤매던 수많은 거리와 상대의 몫까지 챙겨 오는 우산과 산문을 읽고 난 후의 슬픔과 말라 버린 붓과 양을 치는 목동과 마른 어깨와 마른 어깨와 마른 어깨, 그리고 고립, 그리고 언젠가 작별

진심은 어디에 놓여 있나

만남과 마음은 왜 시작되나

한 사람의 일상을 뒤흔드는 존재는 왜 언제나 사람이었나

왜 그 사실이 사람을 슬프게 만들고는 끝내

슬픈 사람을 미치게 만드는가

그러나 영화는 먼 곳에 있다

그래서 사람들은,

영화가 먼 곳에 있기 때문에 사람들은……

*

우리의 어느 금요일, 공연이 절정에 다다를수록
피아니스트는 속도를 높여 손가락을 움직였다
당신은 숨이 막힌다고 했다
저 연주를 들으면 어딘가 견딜 수 없어져서
해서는 안 될 말을 해 버릴 것만 같다고,
자꾸 숨을 몰아쉬었다

우리는 도중에 공연장을 빠져나오고

당신은 공원 바닥에 주저앉아 나를 올려다보았다 그 눈
을 들여다보자 왜 아무것도 비추시 않는지에 대해 의문이
들었다
당신은 말했다, "마음을 주고 싶었어요. 그게 잘 안 돼서
나는 나의 마음을 탓했어요."
누군가의 마음에 닿고 싶었다고,
누군가에게 말을 걸고
누군가에게 웃어 보이고

슬픔을 감추며

마음을 시작하는 방법에 대해 알고 싶었다고……

나는 나를 억누르며 말하고 싶었다

마음, 그것은 지금 바로 이 순간의 극단을 말하는 것이

아니라

머나먼 과거에서부터 축적되어 형성되는 것이라고……

나는 당신과 눈을 맞춘 채

그 어둠 속을 가만히 들여다보았다

그곳에서 나를 찾을 수 없었다

당신은 나의 두 발을 묶지

다가갈 수 없도록

멀어질 수 없도록

어두워

이곳은 어둡고

이미 내 몸은 붕 떠 있는 듯해

집으로 가는 길은 멀고

자꾸만 멀어지지

가라앉은 채로 걷는 꿈
너는 계속 멀어진다
숲의 소실점을 향해
숲에서 숲으로
더 깊은 숲으로
너는 빛을 밀어내며 시야에서 사라진다

*

어느 날 남자는
그동안 자신과 붙어 있었다는 사실을 잊고 있던,
주머니 안에서 오랫동안 삭아 가고 있었을
메모 하나를 발견했다

남자는 진료를 기다리고 있었다 책으로 가득한 대기실
의 책장, 그중에 남자가 뽑아 든 것은 경주마에 관한 그림
책이었다 책을 펼치자 무수한 말들이 얼굴 위를 짓밟으며
달려갔고 남자는 표정을 주체할 수 없었다
그날 남자가 메모한 구절은 이러했다

'잠어는 눈에 품은 빛의 무게를 가늠하려고 바닥을 쳤
던 것이다. 그 한 번의 침몰이 평생을 헤엄치게 만든다. 빛
의 열쇠를 가졌으니 꼬리는 점력을 끊고 한없이 떠오를 수
있다.'

*

당신을 집까지 부축하던 금요일은
오래 걸었다 정말 오랫동안 헤맸다 누구보다 잘 아는 그
길을
오래오래 돌아 걸었다
그러나

비가 쏟아지는 동안
나는 망가진 우산을 손에 쥐고

누가 우리의 간격을 정하는 걸까

영화는 가끔 현실 같은데

현실은 자주 영화 같은데

당신과 있으면 나는 날 정돈하고 싶어지지
그러나 당신은 아닐 거라는 불안 속에서

나의 방에는 사람이 살지 않습니다
나는 좋은 사람이 아닙니다
나는 예쁜 사람이 아닙니다
표정을 잘 가꾸기 위해 애쓸 뿐
아무도 나를 사용할 수 없습니다
폭우가 오고 있나요

✦

금요일에 만나요
금요일에 웃어요 내가 먼저 가 있을게요
마지막 미래,
그런 건 다 잊어요
나는 발목을 끊어 냈는데

아직도 바깥에는 숲이 우거지고 있나요
우리 금요일에 만나요
나는 걷다가도 빛에 빠지니까
너와 함께
너와 함께

당신은 아무런 의심 없이 손을 흔든다 우리의 다음이
기약되어 있다는 듯이

그러나 다음은 먼 곳에 있다

그런데도 당신은,
함께 식사를 한 적이 없는데도 당신은⋯⋯

nosmokingonlyalcohol

　남자는 기타를 연주할 수 없을 만큼 손을 떠는 몸이 되었다 그의 책상에는 그가 사랑하는 악보와 그가 사랑하는 기타, 그가 사랑하는 알약과 술병이 질서 없이 흩어져 있었다 큰일이에요 이것은 큰일이라고요, 남자는 그렇게 말한 뒤에도 자신을 정돈하지 않았다 기타 대신 잔을 움켜쥐면서, 노래 대신 자조적으로 중얼거리면서, 고급스러운 우울감을 앓는다는 착각 속에서, 벌써 해가 지고 있잖아요 우리가 과연 감당할 수 있을까요? 이것은 정말……

　남자는 잔뜩 취할 때마다 영혼이 젖어 있는 걸 느끼곤 했다 "이 끈적임이 싫지 않아요. 맞아요. 나는 무언가 잘못되었지만 이 술이 원인인 건 아니에요. 나는 그저……"

　그러나 오늘은 애인과 함께 잔을 기울이는 밤

　── 어릴 때 친구가 아끼던 키링을 훔치고 모른 척했지요. 얼마나 시끄럽게 울던지. 나중에 그게 유품이라는 걸 알고 소각장에 던져 버렸어요. 겁이 났던 걸까요?

　── 중학생 때였나. 나는 거짓으로 가득 찬 아이였어요.

누구에게나 거짓말을 했고 언제든 두 눈에 눈물을 머금고 다녔지요. 내가 만든 최고의 작품은 아마 그때의 거짓말일 거예요. 많은 사람들을 감동시키고 울렸거든요.

— 발끝이 검게 변할 정도로 나쁜 짓을 많이 했어요. 슬픔에 빠진 사람들 앞에서 슬픈 척했어요. 감정을 속이고 위로해 주었지요. 나의 피도 당신처럼 붉어서 슬퍼요, 그런 유치한 말들.

— 웃으며 헤어지고 그 사람을 저주했어요. 그냥 객사해 버리라고. 그런데 며칠 뒤에 진짜로 죽었어요. 그 사람, 손이 정말 예뻤는데.

— 사랑하지도 않으면서 사랑한다고 말한 적 있어요.

— 그게 나는 아닐 거라고 믿어요.

그러나 오늘은 어떤 이가 누구에게도 들키지 않고 살인에 성공하는 밤

121

스피커에서 노래가 흘러나온다 울먹이는 목소리

듣다 잠들면 슬픈 꿈

xan

이것은 쥐와 개의 이야기
그리고 새 한 마리

비가 쏟아지는 새벽 거리를 걷다가 나는 누구에게라도 쏟아내고 싶어져 아무 번호로 전화를 걸었다 그거 알아요? 나는 곧 사라질 거예요 그 예감을 아무도 느끼지 못하고 있어요, 폭우 속에서 모르는 이에게 소리쳤다 상대는 묵묵히 듣다가 "당신, 죽고 싶은 거구나. 부러진 날개를 가졌구나. 그걸 스스로도 모르고 있다니. 불쌍해라. 불쌍해……" 그리고 길가에 쓰러져 정신을 잃었다

그녀는 내가 조금씩 나아질 거라 생각했다 눈사람 인형을 끌어안고 난로를 틀어 놓은 채 잠에 들었을 때에도, 젖은 채로 깨어나 더운 몸의 열기를 식힐 때에도, 잠든 그녀가 묘사할 수 없는 포즈로 나에게 안겼을 때에도 나아질 거라 믿었다

그렇지만 어둠의 아가리가 구역질을 쏟아내는 밤이면 온몸을 부들대며 울었고 나의 테두리가 진동하곤 했다 머

리끝까지 이불을 뒤집어쓰고 알 수 없는 곳으로 깊게, 더 깊게 가라앉는 나날……

　약 기운이 발끝까지 퍼지고 나면
　있을 수 없는 일이라는 건 있을 수 없다는 작고 작은 공포가 곁을 서성이고

　아주 어렸을 때, 여러 갈래의 골목이 어느 식물의 뿌리로 보이는 동네에 살았을 때, 나중에 알았지만 골목에 뒤끓던 악취가 비에 젖은 쥐똥 냄새였던, 그 냄새를 뒤집어쓰고 다니던 때의 일이다
　부엌 바닥에 앉아 할머니의 주름진 손을 만지고 있었다 손끝으로 주름 사이사이를 아주 느리게
　느린 속도로 훑으며
　골목을 달려가는 상상을 하던 중이었다

　곧 비가 오고 오겠구나,
　할머니의 말에 고개를 들어 코를 킁킁거렸다 그것은 지금까지 갖고 있는 오래된 버릇이었는데 누구에게 물려받은 유산인지 알 수 없었다

— 할머니, 아무 냄새도 나지 않아요.
— 귀를 사용하렴. 폭우가 오고 있단다.

흰 천장에는 곰팡이가 피어 있었다

그날 나의 귀는 접착제 덫에 걸린 쥐가 발버둥치는 소리
와 집주인이 마당에서 기르던 검은 개가 네 번 크게 짖는
소리를 들었다 내가 사랑했던 도베르만

그러나 할머니는 질긴 떡을 씹으며 계속 중얼거렸다

이명이 늘리는구나
멀리서 누군가가 나를 부르고 있다고……

하지만 이것은 쥐와 개의 이야기
혹은 새 한 마리

약 기운을 씻어 낼 때면
나의 주인은 호르몬이 아니라 마음이라는 작고 작은 기

뺨이 곁을 서성이고

　나는 내가 조금씩 망가질 거라 생각하지 못했다 침몰하는 배의 갑판을 두들기며 달려가는 쥐 떼 영상을 보았을 때에도, 기쁠 때 짖는 소리와 아플 때 짖는 개의 소리가 다르다는 구절을 읽었을 때에도, 아침을 알리는 새의 지저귐으로 어제와 오늘을 구분한다는 부족에 대해 알았을 때에도 망가질 거라 예상하지 못했다

　어느 날 그녀와 함께 웃으며 사진 찍고
　다음 날 죽을 수도 있겠지만

　── 폭우가 올 때는 귀를 사용하면 된단다.

　비명은 그 주인에게 가장 소란스럽게 들린다

　그냥 슬픈 게 아닌데도 그냥 슬프다고 말하면서

　흰 천장이 검게 변할 때까지

Waltz for X

너의 춤은 아름답고 그 선의 아름다움은 매일 봐도 적응되지 않았다

이런 감상에는 어떤 이름이 어울릴까

정말 나는 망가졌나 봐 어째서 네가 계속 아름다운지

케이크를 자를 때 칼의 주인은 누구

엘리, 정신을 차렸을 때 나는 문득 울고 있었어 내가 이 곳을 떠날 생각을 한다니 믿기지 않았지 너의 목소리가 귓가에 맴돌았어, "아무도 널 이해하지 못할 거야. 누구도 너의 곁에 있고 싶어 하지 않아."

해는 떴어
나는 흐르는 눈물을 닦지 않고 놔둘 거야
밤새 취해 있었고
지난밤을 기억하지 않을 거야
케이크는 너희끼리 조각내겠지
나는 최선을 다해 죽고 있는 중이야
최선을 다해
최선을 다해 모든 밤이 다 가도록

남자는 구역질을 참으며 한 걸음 한 걸음 나아가고 있었다 거리의 누구도 남자에게 눈길조차 주지 않았다 남자는 누구에게도 미움받지 않았으나 누구에게도 사랑받지 못했다 언젠가부터 사람들은 말장난을 하기 시작했다 월계수가 아닌 모형 잎으로 만든 왕관을 서로 돌려쓰곤 했다 엘리, 너는 알지? 나는 그것을 내 머리 위에 있도록 놔두지 않을 거야 누군가가 내게 그것을 건넨다면 차라리 손목을 자르라고 전해 줘 죽을 때까지 너덜거리는 손목을 달고 말장난이나 하라고

　　— 선생님, 전 무언가를 놓친 것만 같아요.

　　— 상종하지 못할 인간들이라고 내가 몇 번을 말했잖니.

　　— 어쩌면 제게 필요한 건 조언보다 뺨 한 대일지도 모르겠어요.

　　— 멍청한 소릴 늘어놓는구나. 여긴 원래 이런 곳이었단다.

그러나 엘리, 나는 생각했어 네가 나에게 기대어 잠들었을 때, 나는 너의 맨발이 눈에 띄었고 문득 그것을 그림으로 남겨야겠다는 기이한 충동에 휩싸였다 너의 발이 당장이라도 빛날 듯 희게 보여서 이 한낮에 밝고 반짝이는 것들을 모두 흡수하고 있는 게 아닐까 생각했지 단지 '문득'

이라고 표현할 수밖에 없는 순간이었다 그런 장면 때문에
내가 계속 편지를 적는다 너에게 미안해

그러나 네가 말했잖아 바람에 부딪히는 아몬드나무의
소리가 얼마나 아름답냐고
그저 우리끼리 감상하고 웃고 떠드는 장면도
나중에는 기록이 될 거라고 내게 말했지

사람들은 가면 쓴 채 웃고 누군가를 가르치는 걸 잘했
다 모두의 공감을 살 줄 알았으며 그러므로 모두에게 사랑
받았는데 나중에 그것이 가면이라는 걸 알았을 때 나는
칼을 거꾸로 쥐는 기분
나무들은 불면을 않는 유령처럼 바람 소리를 내었지 왜
내 주변엔 모두 피 흘리는 이들만 노래 부르고 있을까 칼
을 거꾸로 쥐는 마음은 중지될 수 있는 걸까
엘리, 고흐의 데스마스크를 쓰면
누구나 고흐가 되는 걸까, 그런 생각에 빠지곤 하는 것
이다

그래 너희는 고민 없이 일기를 적어 줘
그런 게 특별하다고 계속 떠들어 줘

나는 이제 지쳤어
무언가 쏟아질 것 같아서 입을 열지 못하겠어
이곳은 더러워
언젠가 네가 내게 경고했을 때
나는 이곳을 떠나야 했어 그러지 못했지
이제 포기하는 것조차 포기했어
케이크는 너희끼리 나눠 먹어
나는 커다란 파이를 굽고 있었지

그러나 남자는 머리를 쥐어뜯으며 편지를 마저 적는다
그것이 유일한 쓸모이므로, 그리고 믿는 것이다 더 나아질
것이라고
　남자는 한 걸음 한 걸음 더 나아갈 것이다 나빠질 것이
더는 없으므로 더, 더……

손에 쥔 것이 비명이라면

언제 끝나는 걸까
사방이 고요해졌어
한낮에는 숨어 지내다
밤이 되면 움직이는 사람들
모두 기다리고 있어
끝이 나기를

사람들은 무너진 잔해를 건드리지 않는다
그 밑에는 누군가의 연인이
누군가의 부모
누군가의 자식
그리고
누군가가

어느 노인이 우는 아이를 달랜다. "얘야, 언젠가 그런 시절도 있었지. 울고 웃고, 그런 게 중요하다는 듯이 사람들은 끊임없이 표정과 음성을 토해 냈고, 그건 정말이지 토해 냈다고 표현할 수밖에 없을 정도로 소음에 가까웠단다. 그때 우리는 불필요할 정도로 많은 걸 봐야 했고, 알아야 했고, 또 들어야 했지. 지금은 이토록 고요하기만 하구나. 내가 바라던 세계인데 네가 슬퍼하고 나의 사람들이 슬퍼하고 그래서 나는 슬퍼졌지."

*

아직은 때가 아니라고 생각했는데

이봐, 큰일이 생겼어
결과에 대한 이유가 있고
이유에 대한 이유와 그 이유에 대한 이유와
이유 밑에 잠식하는 수많은 이유들이
숨 막히고

눈뜬 시체처럼 걷자
나의 신과 절반쯤 닮은 기분으로
네가 종교를 갖는다면

왜 나만 이런 거 같지

다들 어떻게 잘 숨기며 사는 거지

날 대신해서 유서를 적어 줘

오직 자신이 만든 규칙만이 자신을 대표할 수 있습니다
　규칙은 중요합니다 아침마다 약을 복용할 것, 암막 커튼
을 걷지 않을 것, 과거의 기억으로 나를 괴롭힐 것, 재앙과
마주할 때에도 그럴 수 있는 일이라 여길 것, 사람들을 만
나기 전에는 빠른 템포의 음악을 들을 것, 사람들 앞에서
웃을 것, 나를 단정하게 하는 물품은 왼쪽 주머니에, 나를
망치는 물품은 오른쪽, 분노를 삼킬 것, 집으로 돌아와 미
치지 않을 것, 미치지 않을 것, 미치기 않을 것
　이 모든 걸 잘 지키며 살아길 것

열어 둔 창문으로 거리의 소음이 멈추지 않는다

날 대신해서 유서를 읽어 줘

체한 거 같아

어제 삼킨 그것이,
그렇게 해선 안 되었는데
잔뜩 삼킨 그것 때문에
명치의 바깥이 저릴 때

언제 끝나는 걸까
사방이 고요해졌어
커튼을 걷어 줘
하늘을 확인해야겠어

*

그때를 누가 기억하고 있을까 누군가는
기억하고 있을까 단이 엘리에게 첫 꽃다발을 건넨 날이
었고
어떤 기념일도 아니라는 사실이 엘리를 더욱 기쁘게 만
들었다
주말이면 그들은 함께 공원을 걷고
단은 기타를, 엘리는 알 수 없는 이국의 노래를 부르기

도 했다

누군가는 엉성한 발음을 듣곤 눈길조차 주지 않았으나

누군가는 기타 치는 모습을 보며

애인의 갈비뼈를 매만지던 때나

죽은 반려동물을 묻어 주던 때를 떠올리고는

슬픔에 잠기기도 했다

귀가 아프다고,

누군가는 중얼거렸겠지만

— 우리도 개를 키워 볼까.

— 언제?

— 조만간.

— 일주일 뒤쯤?

— 내일. 아니면 지금 당장이라도.

— 그 개는 무슨 죄야. 결국 우리처럼 떠돌이 신세를 면

치 못할 텐데.

음악이 끝나면 사람들은 단과 엘리의 곁을 떠나고

둘은 공원 구석 벤치에 앉아

종이컵을 채우고

비우고

속을 게워 내는 서로의 모습을

라이카로 찍으며

웃었다

가로등이 핀 조명이라도 된다는 듯이

빛 아래에서 춤을 추며

새로운 공연을 시작하고

웃고 다시 웃고

또 웃으며

한 사람의 모든 걸 이해했다 생각하는 일

　잠든 이가 뒤척일 때 잠에서 깨지 않도록 자세를 맞춰

주며

　팔을 내주는 일

더는 익숙해진다는 것이 상상되지 않을 정도로

한 사람에게 익숙해지는 일

가끔은 서로에게서 자신의 모습을 바라보는 일

엘리는 그 모든 게 가능하다는 듯이

웃는다

그러나 누군가가 그들의 유서를 대신 적는다면
누가 그 유서를 소유해야 하는 걸까

*

아직은 때가 아니라고 생각했다

드디어 그녀가 손목을 그었어, 그런 연락을 받았을 때
나는 나의 친구들과 골목에서 종이 뭉치를 들고 서성이던
중이었다 폭설이 내리는 날이었고 길바닥에는 가로등에 비
친 눈 그림자가 우리를 뒤덮고 있었다 나는 유서를 읽던
친구들을 바라보았다, 그녀가 손목에서 피를 흘리고 있데
친구들은 되물었디, 그녀가 손목을 흘리고 있다고? 나는
대답도 하지 않고 집으로 달려가 그녀에게 나의 애정을 보
여 주려 했다

사방이 고요해졌는데
언제 끝나는 걸까
모두 기다리고 있어

끝이 시작되기를

공연을 보는 사람들은 소리 내지 않는다
무대 위의 무용수는 누군가의 연인
누군가의 부모
누군가의 자식
그리고

한 자세를 오래 유지한다는 건 하나의 생각을 반복한다
는 것
조명이 어지럽게 휘날리고

무용수는 춤을 멈추지 않는데

일어날 수 있는 일이다 일어나도 이상하지 않은 일이
다…… 나는 중얼거렸다

이 고요 속에서 비명을 지르고 싶었지만

지각

그러니까 개가 되기엔 너무 늦었다는 거지 세상에 네 발로 쏟아지고 무덤에 네 발로 기어들어 가더라도

지금 나는 죽은 너의 마음을 헤아리기 위해 침대에 누워 움직이지 않는다

언젠가 이어폰을 나눠 끼던 때나 함께 걸었던 골목을 떠올리는 것
과거로 되돌아가기 위해 과거를 불러오고

요즘 나는 일상으로부터 조금 어긋난 것 같은데
미안해
아무도 이런 나를 몰라서

조롱과 유사한 침묵이 모습을 드러낼 때

이상한 밤은 계속된다 반지를 삼키는 꿈을 꾼다 반지가 목에서 걸린다 목이 부풀기 시작한다 나는 소리 내지 않고 운다 머지않은 미래에 사라질 거야, 거울 밖에서 운다 속으

로 삼키는 울음은 심박수와 비슷하다고 적는다 나는 너무
많은 미래에서 죽는다 너는 나의 과거에서 죽는다 긴 꿈을
꾼다 잠에서 깨어나면 베개가 온통 젖어 있다 도대체 여름
은 누가 꾸는 꿈이기에 베개를 적시고 사라지는 걸까

　내가 태어난 날의 날씨는 어땠을까
　태몽에서 나는 팔다리도 없이 기어 다녔고
　말을 했다고 한다 뱀의 언어로 사랑을 부르고
　누군가의 죽음을 부르며,
　집에는 초상이 났다지 그때의 기억이 없다
　자꾸 잊는다 무엇을?
　무엇을 잊었는지 희미하게,
　겨우 희미하게 떠오를 때쯤
　다음의 기억을 잊는다
　다음과 기억을 둘 다 잊는다
　내가 죽을 날의 날씨는 어떠할까 사람은 어떤 날씨에 죽
어야
　적당한가

사랑을 기억하느라 많은 죽음을 잊는 것

어항은 둥근 것이 적당하다 사각형의 사진으로 너를 기
억하듯이
열대어가 떼로 뻐끔대기 시작하면
울음을 참으려 애쓴다
어항에 물이 차오르고
목구멍이 열리고 부푼다
넘친다
쏟아진다 쏟아지고 나면
축축해지는 바닥과
그 위를 헤집는 열대어 몇 미리

죽기 전날 밤이면 다음과 같은 꿈을 꿀 것이라 믿는다,
누군가가 나를 거꾸로 매달아 놓고
축하합니다
당신은 세상에 엎어지며 태어났고
다시 세상을 향해 엎어지며 사라지겠지만
이젠 끝이 날 것입니다

곧 끝입니다 끝이 보이므로

입김을 부세요

초를 끄세요

자신을 축하하세요

축하하라고, 개는 짖는다

나는 개의 형상을 하고 짖지 않는다

누가 우리의 필름을 되감는지도 모르고

나에게 악몽이란 네가 나오지 않는 꿈

침묵 속에서 어느 개 한 마리와 눈을 마주친다

지금 나는 산 자의 마음을 헤아리지 않기 위해 선지 않
는다

너는 과거 속에서 재생되었다가 정지되기를 반복하며

오늘도 누군가가 죽었다는 소식이 들리는데

여름이 쏟아지는 거리엔 젖은 사람들
그렇다면 나는 누가 꾸는 꿈이기에

개는 숨을 몰아쉰다 자신이 개라는 사실을 알아 버려서

deja vu

각국 사람들의 꿈을 끌어다 선로로 연결하고 싶다
막 태어난 아이들은 울음을 멈추지 않겠지
열차는 계속해서 달릴 텐데

어느 새벽, 소년이 정신을 차렸을 땐 모르는 장소를 헤매고 있었다 그곳은 낡고 비 냄새를 풍기는 아파트였는데 소년은 그곳을 왜 헤매고 있는지, 어쩌다 그곳에 가게 되었는지 기억나지 않았다 출구가 어디인지 알 수 없는 미로 같은 건물이었다 오랜 시간 복도를 헤맨 끝에 소년은 아무 문이나 붙잡고는 두드리기 시작했다, 도와주세요 도와주세요 저 이곳에 있는데요……

그러니까 문제는 창문이라는 것입니다

난생처음으로 열차를 탑승했다는 남자와 있었던 일입니다
남자는 조금 들떠 있었을까요
열차는 속력을 높였고
창문 바깥으로 풍경이 빠르게 지나가는데

남자가 코를 움켜쥐더니 코피를 쏟기 시작했습니다
두통이라 그랬습니다
두통이지만
온몸에서 경련이 일어난다고 했습니다
노인들은 시끄럽고
아이들은 울어 대고
남자의 코피는 멈추지 않고,
나는 남자의 손이 붉게 젖는 걸 바라보다가
갑작스럽게
두 다리 위로 구토를 하고 말았습니다

닫고 싶은 입을
닫지 못한 채로

서로의 고통을 카피하면서

한국 남성은 프랑스 여성과 위험한 놀이를 시작한다 한
낮이면 한국 남성은 자신의 손목과 선로를 단단히 묶었고
동시에 프랑스 여성은 이른 아침에 자신과 선로를 연결시

켰다 그들은 선로에 누워 눈을 감는다 먼 곳에서 열차 오
는 소리가 들릴 때까지, 점점 증폭되는 진동을 느끼기 전
까지

　어째서 환각은 언제나 편도인 걸까요 머릿속을 휘젓고는
이내 사라져서 돌아오지 않는 열차라도 되는 걸까요 나는
반복된다 반복되어 매일 죽는다 눈을 감으세요 두 눈을 감
고 어둠 속에서 옅게 번지는 빛을 바라보세요 갈라지는 빛
의 파편을 바라보세요 그곳에서 나는 죽는다 그곳에서 반
복되어 매일 살아나고 다시 죽는다 누가 나를 되감는 것이
겠습니까

　아무도 커튼을 내려 주지 않았지만 나 역시 창문 따위
바라보지 않으면 그만이라고 생각했다

　과연 우는 일은 아이에게나 어울리는 것일까

　그러니까 문제는 창문이었을 텐데

투명하게 바라보지 마세요
나의 마음을 안다고 말하지 말아요
웃는 나를 믿지 말아요
믿지 마세요 나를

── 당신은 외면만 하는군요.
── 나는 조금 내성적일 뿐이에요.
── 다시 돌아올 거면서 떠나려 하니까요.
── 나는 사람이 두려워요.
── 당신은 지금도 외면하고 있지 않습니까.

어느 노인이 손가락으로 방향을 가리키신
그곳이 출구라고 믿은 채
달려가는 소년처럼

나는 당신의 환각, 그 반대도 마찬가지, 서로를 하염없이
왜곡하고 뒤틀고

뽑아 놓은 눈알이 테이블 위를 굴러가면

닫은 마음

닫은 눈

그리고

역한 냄새는 오래 지워지지 않지

꿈속에서 꿈 밖을 바라보듯이

나는 계속 뒤집어진다

열차의 창문은 풍경을 자꾸 바꾸는데

두 명의 사람이 마주 보자 두 개의 꿈

우리는 현상할 수도 없이 낡고 손상된 필름, 네가 이 말
을 들으면 내 정강이를 걷어차겠지 나는 기울어지고 있다
네가 멀리 차 버린 마음에 휩쓸려서

너의 팔에 가득한 주사 자국, 나는 너의 멍한 표정을 따
라 지으며 걸었어 알코올 스왑을 문지른 면도칼과 라이터
를 쥐고, 나부터 할게, 유독 크게 느껴지는 심장 박동이 있
고, 우리는 그만 나아가도 좋을 텐데, 우리는 머지않아 망
가질 걸 알면서도 흐르는 피가 따뜻하고 아늑해서

영, 세상에는 받아들여야 하는 일들이 있어 소년 소녀가
커서 어른이 되고 그중 누군가는 어른이기를 시작한 채 세
계를 낭비하며 영혼을 싱하게 하셨지 우리는 자라서 우리
가 되었다 밤이 자라서 새벽으로 죽어 가는 동안

무성영화 속 여배우들은 애처로워 보여 나는 그것에 항
상 분노했지만 남배우들은 그저 손가락 사이에 커다란 시
가를 끼워 넣을 뿐이었다 기름기 가득한 입술을 열어 말하
겠지, 당신은 나에게 사랑에 가까운 우정이었지만 그게 당

신을 잊었다는 뜻은 아니었다고

지금 넌 어디서 누구의 피사체로 기록되고 있는 거지?
누가 너의 마음을 편집하고 해체하고 있는 거야? 젖은 먼
지를 뒤집어쓰고 나는 울었다 손바닥을 가득 채우는 알약
들과 주삿바늘이 너를 어지럽히고, 혼란스러워, 살점이 떨
어지듯 어느 순간 너에게서 분리된 기분, 밤이면 해독 불가
능한 목소리가 들려왔지 보고 싶다, 영

영혼은 서로에게 구속되지 않는다
영혼은 각자에게 분리되지 않는다
영혼은 어디로도 사라지지 않는다, 우리의 삼계명

졸다 깨어나면 스크린에선
배우들이 비웃고 있었지 나와 두 눈을 마주친 채로

……그러나 이것은 미래 인류의 자화상
나에게 주어진 건 한 뼘의 거울과 얼굴이 전부였지만 그
것은 어디를 둘러봐도 나를 대면해야 한다는 뜻이었다

기억하고 싶지 않은 과거, 선생이 인사 없이 떠난 이후로 나는 누군가를 떠나보낼 때마다 손을 흔들어 보이는 것이 전부였다 접붙인 나무가 기형적으로 자라고 자라면 기형적인 나무가 죽어 가고

누가 유리병을 놓친 걸까 액체가 사방으로 번지는 건 새장을 열어 놓는 것과 같다고 했다 동정하지 마, 나는 과거의 나에게 구속되지 않고 분리되지 않는다 과거의 내가 사라지지 않는데

어느 겨울, 라디에이터가 진동하는 소리만 맴노는 교실에서 나는 학교가 밝아지는 장면을 보고 있었다 교실의 따뜻한 공기를 따라 나는 자꾸 잠에 빠지려 했다 창가의 커튼이 바람에 흔들렸고
저 멀리서 걸어오는 친구를 보았어
친구는 두리번거리며 운동장을 걷다가
화원에 묻었다 가방에서 꺼낸 죽은 토끼를
그건 나의 토끼였지 그에게 말하지 않았다

언젠가 아무렇게나 그어 대고 알코올 냄새를 맡고 있는데 영의 편지를 받았다 '난 도시 외곽에서 죽은 소년을 봤어. 그렇다고 눈알을 뽑진 않았어.' 나는 라이터의 부싯돌을 헛돌리며 내 안에서 빠져나가는 것을 느끼는 데에 전념하고 있었다 '가끔 네가 뭐 하고 사는지 궁금할 때가 있어. 사실 네가 나와 닮았으면 했어.'

어느 날 네가 나에게 꿈이라는 걸 물었을 때
나는 잠과 미래를 동시에 떠올렸다
깊은 잠에 빠진 미래와
미래의 잠 중 오래 고민했다
그런데

영, 네가 이 편지를 읽으면 나를 걷어찰지도 모르지만

'매일 취한 채로 침대에 누워 천장을 보며 생각했어. 끝도 없이 이어지는 몽상과 무기력이 나를 짓눌러. 잠들기 전까지 쏟아지는 폭우. 가끔은 폭설.

고백할게. 나 끊임없이 영상이 보여.

하고 싶은 말을 할래. 그들과는 다른 사람이 되겠다고. 하고 싶은 말을 하지 못하게 하는 사람들의 눈치를 죽이겠다고.

내일은 조금 더 솔직한 나를 보았으면 했지. 내일은 조금 더 잘 웃는 나를 보았으면 했지. 날 사랑해 주는 사람 하나 없이 여기까지 왔는데. 그런데 이제 곧 사라질 듯 해. 아마도 머나 먼 예감.

고마워. 내 손을 붙잡아 주는 사람들에게 존경과 평화를, 친구들에게는 사랑을. 그러나

너의 사랑을 사랑할 수 없었어. 이제 그만 영상을 꺼줘.

모두 무대에서 퇴장해 줘.'

…… 그리고 이것은 미래 우리의 자화상

우리가 같은 꿈을 꾸고 일어날 때면 너는 내게서 너의 마음을 찾으려 했다 기억나? 나는 혼란스러워 했잖아 너의 손목에는 현상할 수도 없이 낡고 손상된 필름, 마른 핏자국, 젖은 영혼을 뒤집어쓰고 너는 울었어?

영, 나는 그래 너의 영혼은 나를 위해, 그리고 나의 영혼은 너를 위해 낭비되어도 좋았을 거라고, 우리가 서로에게서 각자의 얼굴을 발견했다고 착각하는 일과 착각을 믿음으로 변주하기 위해 애쓰는 일, 그리고 구속되지 않고 분리되지 않으면서도 사라지지 않는 어떤 것

네가 나에게 꿈이란 걸 물었을 때 네가 떠올린 꿈은 무엇이었을지 생각하곤 해

고백할게 손목 위 필름을 바라보면 우리를 낭비하던 우리가 보여

너는 풀린 눈으로 웃고 있다

꿈속에서 건축된 미래가 현실의 세계에서 무너진다

숙은 토끼가 품안에서 나를 노려보는 동인

끝내 잠에 들면 스크린에선

배우들이 퇴장하고 있었지 나에게서 모두 등 돌린 채로

레제드라마

알고 있지, 당신의 인생은
온전히 자신의 것이 아니라는 사실을
당신의 절반은 드라마,
나머지 파이 중 반은 로맨스와 멜랑콜리를 섞은 어떤 것
남은 나머지는⋯⋯

무대 상연 중에 조명이 떨어져 배우가 죽는다면
관객들은 그것이 대본 중 일부라는 걸 알아챌까

리허설

잊어야 돼
속으로 되뇌었다
나는 이제 내가 아니다
나는 이제 내가 아니라고
그럼 나는 누가 되려 하는 걸까

돌아올 표는 끊지 않고 여행을 떠나고 싶었다 그런 게

아니라고, 떠났다가 돌아와야 한다고 사람들은 말한다 여행은 그런 것이라고…… 그러나 누구도 후일담을 들려주지 않는다면 나는 무엇을 듣고 배워야 하나

막이 오르면

기나긴 가뭄 끝에
한바탕 장마가 지나가고
갠 하늘
백지 위의 스케치
여러 구름
마치 지문 같다
같은 게 하나 없어서

한자리에 앉아 하나의 풍경을 하염없이 바라보는 사람을 떠올렸다 여름이 지나가는 장면을, 가을이 오고 겨울이 지나고 봄이 오는, 그리고 다시 여름이 지나는 장면…… 머지않아 그는 절반의 계절을 지울 것이다 여름과 겨울만 남

긴 채로 생각을 녹였다 얼리기를 지속할 것이다

　── 여기다 토하지 말랬잖아.
　── 내가 여기에 토를 한다는 것은 자제를 할 수 없다는
뜻이야.
　── 아니. 너는 분명 화장실로 달려갈 수 있었어.

　여름 햇빛이 쏟아지는 한낮이었다
　목도 축이지 않고 누워 있으면 몸에서 비린내가 나고 토
하지 말랬지 여기에 토하면 안 된다고 했잖아, 책망하는 소
리가 들리고 자제를 하지 못한다는 건 슬픈 일이야, 그렇지
만 슬픈 게 무엇인지 모른 채로 몸이 아닌 삼성이 발라 가
곤 했다

　각자의 신에게 기도합시다, 어느 저녁 식사 전 이방인이
두 손을 모으며 말했다 세 명이 앉아 있는 4인용 식탁에서
모두 각자의 신을 찾는 동안 나는 누구에게 기도할지 몰라
벽 위로 일렁이는 그림자를 바라보았다 우리의 기도 때문
에 촛불이 거세게 흔들리고 흐느끼기 시작하는 그림자, 부

디 그 녀석이 죽게 해 주세요 살아 돌아와서 저 빈자리에 앉게 하지 말아 주세요 고개를 들자 은촛대에 비친 내가 울고 있었다

암전

아버지, 머리 위를 보세요 새해 첫날이면 산의 정상에 가서 모든 것을 보아야 한다고 했다 비 온 뒤의 등산로는 모양이 바뀌고 형질이 달라지고 질척해진다 아버지는 새해 계획을 세웠냐고 물었다 삶에서 꾸준히 할 수 있는 목표가 있는 게 좋다고 했다 서랍 속에는 어둠을 지우고 총천연색 빛이 빌꾕히는 알야이 쌓여 가고 있었다 무슨 생각하니 내가 무슨 생각을 했나요 장마전선이 북상하는 중이었다 단지 나는 일기를 꾸준히 써야겠어요, 말하며 지속되는 삶에 대해 생각할 뿐

다음 장

세상에는 무수한 것들이 바뀌지만 바뀌지 않는 단 하나가 있는 법이라고, 주치의는 말했다

그런데 그게 나의 죄악이면 어떡하지

'더는 친애하지 않는 단에게.

안녕. 거리를 걸으며 두리번거리곤 했어. 혹시라도 네가 보이지 않을까 해서. 내가 너에게 들려주던 마음과 기나긴 밤, 무너진 악몽이며, 사랑과 죽음에 대한 격언이며 그런 건 다 잊어버려. 그게 무슨 소용이겠니. 나는 무용에 대해 너무 늦게 알아 버렸어. 바이 거기에서 요힌노를 붙잡고 구토하는 너를 보았어. 아니, 너와 비슷한 사람을 보았지. 기왕 발작할 거라면 모두가 보는 앞에서 엎어지는 게 좋다고 생각해. 거품을 물고 온몸을 떨면서 모두를 비참한 기분에 빠지도록 만들면 좋겠어. 보이는 게 전부가 아니라는 걸 깨닫도록. 육안으로 폭우를 보지 못하더라도 젖은 거리를 보고 나면 비가 왔다는 사실을 알게 되는 것처럼. 안녕.

너의 선생으로부터.'

막

공원을 걷다가 생각이 났어요 그런 사람 한 명씩은 있잖아요 어떤 음식을 먹다가 아, 그 사람 이걸 참 좋아했는데, 그런 사람이요 영화를 보다가도 문득문득 떠오르고 애인과 결별한 뒤에 누가 곁에 있어 줬으면, 하고 바랄 때 떠오르는 사람이요 저는 아직도 밤을 좋아해요 지금도 약을 삼켜요 공원을 걷다가 그냥 생각이 났을 뿐인데…… 저는 참지 못했어요 이걸 적어야 했어요

— 이럴 땐 어떻게 해야 돼?
— 이유는 나중에라도 갖다 붙이면 되는 거니까.
— 결과를 먼저 만들면 되는구나.

장마전선이 북상 중이라고 했다 작별을 전하는 사람은 호흡의 속도를 낮춘다 매일 밤마다 수면제를 한 움큼 쥐고 손을 떤다 언젠가 마주해야 할 이를 이번 꿈에서 마주칠 수 있을까 봐

커튼콜

내리는 눈
유리창에 달라붙는 눈
녹는 눈
녹으면 물이 되는 눈
눈보라와 진눈깨비 사이에 있는 어떤 눈
폭설이 내리기 시작한다
누군가는 폭우가 온다고 했다

내가 나를 조용히 판단하고 있었다

막이 내리고

잠들 때마다 등 뒤에서 뭉개지던 나의 그림자,
일기장의 마지막 페이지였다

우울 삽화

잊은 줄 알았는데 잊히지 않는다 골목에 놓인 빈 병을 주워 모아 집에 흩뿌려 놓았다 깨진 병을 밟으면 유리가 몸을 통과한다 피를 닦지 않은 채 걷는 곳마다 흔적을 남기고

되감아 보았어
당신이 커다란 두 손을 펼치며
내 귀를 틀어막고 무언가 말했을 때

새들은 어떻게 동시에 날아오를까
그 날개,
얼굴 위에서 그림자로 쏟아졌어

불안이란 건 내릴 수 없는 그네를 타는 거라고, 천장과 바닥 사이를 요동치는 거라고, 그렇게 이해했어 하루의 빛과 어둠이 내 몸을 관통하는 동안 나는 방 안에 틀어박혀 오르골 태엽만 감았어 누군가가 목을 조르고 복부에 쇠붙이를 들이대며 내게 죽으라고 말해 주길 기다렸지 하지만 그런 음악은

들리지 않고

내게로부터 날아갈 것 같이
고막이 요동치는데

호흡이 희박해
누구도 찾지 않는 곳
부디 당신이 미치길

　누군가 문을 두드리면 눈을 크게 뜨고 누구세요, 묻지
만 상대는 대답하지 않는 나날 당신이야? 미치시노 않고
날 죽이러 왔어? 그럼 당신은 갈끝으로 분을 긁기 시작하
잖아 나는 나를 보호할 도구를 찾아 더듬거린다 방바닥에
붉은 지문이 남는다

　"……절벽에 매달린 산양을 본 적이 있나요? 그들은 가
파른 절벽에 매달리는 걸 즐깁니다. 그곳에서 암염을 핥습
니다. 아니면 경치를 구경하려는 걸까요? 상황이 좋지 않다

면 커다란 날개의 조류들이 그들을 절벽 아래로 굴러 떨어
뜨립니다. 가끔은 발을 헛디뎌 스스로 떨어지더군요. 그럼
에도 그들은 절벽에 오릅니다. 어쩌면 그곳이 가장 편한 건
지도 모르죠. 나는 그들이 어리석다고 생각했어요."

고대에 가라앉은 섬
섬의 사람들은 뗏목을 띄우려 한다
어떤 이들은 익사한다 새들이 섬 위를 비행하며
모든 과정을 지켜본다

새의 비행은 여전히 바뀌지 않고

사람들은 내가 우는 걸 보지 못했나 그렇게 나는 슬픔
을 외면하는 사람이 되었다

"사람 많은 곳을 걸으면 견디기 힘들어요. 내가 견디려는
건 무엇이죠? 나는 소리치고 싶은 욕구를 겨우 참아 내요.
상상 속에서 내가 폭발합니다. 파편으로 찢어져요. 다정한
사람이 괜찮냐고 묻더군요. 나는 괜찮아요, 대답하는 동시

에 머릿속에서 무작위로 갈라지고 있었습니다."

피 묻은 손으로
깨진 유리병
문에는 칼 부딪히는 소리

절벽에 오르는 꿈을 꾼다 주위에는 아무도 없다 절벽에
오른다는 건 떨어지겠다는 다짐이 아니라 떨어져도 나쁘지
않다는 뜻이다 매일 밤 절벽을 오른다 사람들은 가끔 내가
어리석다고 말한다

만화경에 나를 쑤셔 넣고
이곳저곳 돌리다 보면
그곳엔 선명한 내가
렌즈 밖에서 겨우 선명해진

당신과

눈을 마주친다 당신은 이제 내 눈을 향해

열쇠를 넣고 돌릴 것이다
그런데 당신은 누구지?

거울에는 유리 조각을 든 내가 보인다 나는 거울 표면
을 긁는다 그리고 비명

긴 휴가의 기록*

나는 오랫동안 고립되어 있었지요 아니, 고립되기를 스스로 원하였습니다 누군가 나를 부르는 소리를 듣지 못했습니다 거리를 걷다가 문득 뒤를 돌아보면 비명 소리가 들리곤 하였습니다

어제 새벽에는 갑작스럽게 눈이 쏟아지던데요

두 팔을 벌리고, 입을 벌리고, 눈을 부릅뜨는…… 그런 짓은 하지 않았습니다 기나긴 다리를 건너며 그저 출렁이는 물결을 바라보았을 뿐입니다

흔들리는 불빛과 흩날리는 눈발

그곳에 내가 비춰지고 있었습니다

이곳은 어디일까

지금 나는 어디에 있는 거지?

뒤를 돌아보면 비명이 들리더군요

검은 잎 소년

탈진과
우울과 고독과
망상과 자폐와 잡념과
슬픔과 슬픔과
슬픔이
때때로 사람들을 사로잡지만

그럴 때마다 나는 과거를 더듬기 시작합니다

유년 시절이라고도 부를 수 없을 만큼 체구와 마음이
너무나 작던 시절, 내 최초의 기억은 고드름에 내한 깃이었
고 그에 관해서라면 폭설과 처마 끝과 폭 좁은 골목과 부
르튼 입술에 대해 말할 수 있겠지만 나는 한 번도 그러지
않았다 대신 가끔 일기장에 '내가 왜 날 버렸을까요?'라고
쓴다

물고기들은 물속에서 썩는다 그물에 걸린 물고기를 건

지며 손에 배인 비린내로 나는 그 사실을 배웠다 강가의
어류는 바다를 이해할 수 없어요, 나를 뒤덮는 커다란 그
림자에게 말했을 때 그는 대답했다 나도 누군가를 이해하
는 게 매우 어렵구나

동네는 재개발로 인해 흙먼지가 끊이지 않았고 그곳에
서 무언가를 쌓아 올리는 인부들이 있었다 친구들과 골목
을 달리다 보면 죽은 동물을 자주 마주할 수 있었다 어느
날에는 부리를 크게 벌린 채 죽어 있는 새를 마주했으나
누구도 부리 속에 잎을 넣어 주지 않았다 지금에 와서야
그것이 하나의 죄악으로 남았다

바다로 갈 수 없어도 나는 여전히 좋을 것이다

어떻습니까 나는 아무래도 이 정도의 인간이었던 것입
니다 파도를 이해하고 물결을 사랑한다고 떠들었지만 사실
바다에 대해선 무지했던 것입니다 언젠가 나는 꿈속의 불
청객에게 발목을 붙잡혀 오랫동안 꿈의 세계에 고립된 적

이 있습니다 얼마나 시간이 지났던 걸까요 나는 얼마나 늙고 난 뒤에야 꿈에서 깨어난 걸까요 미래의 슬픔을 모두 겪은 이의 마음은 어떻습니까 나는 아무래도 이 정도의 인간이었던 것이라고, 그런 생각만 맴도는 밤은 미래의 슬픔과 얼마나 가깝습니까

나는 일어나자마자 꿈 일기를 적는 버릇을 기르기 시작했습니다

'파도 소리여, 나는 아예 네 앞에서만 소리 죽여 울고 있는 캄캄한 심장의 박동이었지. 아니 하나의 전율로서 소스라치는 천둥이었는지 몰라. 숲을 뒤흔들고 파도로 흩어지는 짐승의 비명이라면 믿을 수 있을까.'

강물 위로 흔들리는 불빛을 바라본다
흔들리는 불빛을 바라보는 남자를
바라본다 먼 곳으로 떠난 휴가지에서
아무것도 얻지 못한 남자의 마음을 헤아린다
이제는 그를 헤아릴 수 있다고
나는 중얼거린다

아무래도 과거의 죄악이 지금의 나를 만든 것 같다는
생각이 멈추지 않는다

휴가를 마친 그는 사라진다

나는 따라갈 준비가 되어 있다 눈이 쏟아질 듯하다

희망에 지칠 때까지

어느 늦은 밤, 남자는 극장에 들어선다 상기된 볼은 아
직 추위가 가시지 않은 상태였다 탈진과 ♀♁과 고독과 망
상과 자폐와 잡념과 슬픔과 슬픔과 슬픔이 끝나지 않을 것
을 예감하면서……
남자는 자리에 앉아 영화를 관람하기 시작한다
'짧은 휴가를 마치고 집으로 돌아온 남자는 문득 거리
에 아무도 없다는 것을 깨닫는다. 다음 날에도 그다음 날
에도 사람을 발견하지 못한다. 남자는 이곳이 꿈이라고 생
각한다. 현실과 구분되지 않을 정도로 아주 길고 긴 꿈이

라고. 남자는 스스로 꿈의 세계에 적응할 거라 예상했지
만 그러지 못했다. 다리 위에 서서 발밑으로 출렁이는 강
을 바라본다. 이곳은 어디일까. 지금 나는 어디에 있는 거
지? 남자는 뒤를 돌아본다. 아무 소리도 들리지 않는다. 이
곳에서 남자는 멎는다.'

*기형도의 산문 「짧은 여행의 기록」에서.

양들과 날 보러 와요

이제 나는 너를 이해하려 하지 않는다 이제 너는 나를
이해하려 하지 않는다 더는 그것이 불편하지 않아서

내가 밀어내고 있는 악몽에 대해 말하지 않았다 초원에
는 네가 원하는 속도로 죽어 가는 사람이 있었다

우리가 포개어질 때 우리 사이에서 한 마리의 양이 울
고 있었다 그것을 자꾸 쓰다듬고 싶어질까 봐 두 손을 자
른다면

뒤를 돌아보지 않는 건 우리의 마지막 규칙이었다 분명
환한 빛일 것이다

시네필

달빛이 떨어진다고 네가 말했다

셔터 내린 주점 앞에서
신문지를 덮고 잠든 이가 있었다

새벽 신호등이 주황빛으로 깜빡였다
누구도 보이지 않았다

너는 눈을 자주 비볐고
나는 안개 자욱한 날이라고 말해 주었다

어떤 창문에서도 빛을 발견할 수 없었다

밤의 가로등은 몇 개 없고 그것은 우리가 이 도시를 사
랑하는 몇 가지 이유 중 하나

우리는 차도를 뛰어다닐 수 있었다
우리는 마음껏 노래 부를 수 있었다
우리는 잠 대신 질주를 선택할 수 있었다

우리는 기쁠 수도 슬플 수도
우리는 웃을 수도 울 수도
우리는 애정과 증오 중에서
그리고 우리는……

달빛이 떨어진다고
너는 말했다

달빛을 달빛이라 부르기 싫다고
내가 말했다

어느 개도 짖지 않는 밤

*

아마도 우리는 과거로부터 벗어날 수 없을 거라고, 우리
의 하루는
철골이 그대로 드러난 폐건물에 올라 시간을 낭비하는 것
가끔 머나먼 가족의 부고를 듣곤 했지만

슬픔을 느끼지 않았지 그저 담배 연기를 피워 올리는
것으로 우리의 제를 지냈을 뿐…… 폐건물은 면보다 선에
가깝고
　　우리는 우리의 선을 보태며
　　세계의 단면을 상상하며
　　춤을 추거나 허공에 다리를 흔드는 것

　　네가 소매를 걷으며 보여 준 건 붉은 나비
　　그 문신은 네가 원한 것이 아니었고

　── 처음보다 끝을 상상하기 쉬운 이유를 알 수 있을까.
　── 끝은 예정되어 있기 마련이니까.
　── 버림받은 개가 자신의 몸을 가꿀 수 없듯이?
　── 우리가 서로를 돌보지 않듯이.

　　두 남자는 테이블에서 전쟁 게임을 한다 자신의 말을 이
리저리 옮기며, 금방이라도 죽을 듯이 담배를 피우며, 군인
이라도 된 듯 콧수염을 만지작거리지 쿵, 쿵, 발을 구르고
가끔은 입으로 총성을 흉내 낸다 체크메이트, 한 남자가

말한다 이봐 이 숲을 넘보지 말라고, 말한다 나는 그들이
주문한 맥주를 옮긴다 머지않아 두 남자는 자리를 떠난다
그리고 내게 말한다, 그때 그 애는 어디 있는 거지?

　　네가 원했던 건 수많은 어제를 잊게 할 자그마한 것
　　내가 원하는 건 이곳을 잊게 할 어떤 물건

　　이른 아침에 콧물을 뚝뚝 흘렸을 때,
　　그것을 닦아 내었는데
　　붉게 물든 손등과 마주했을 때

　　나무는 팔을 뻗는다 새들을 초대하려고

　　　　　　　　　　　*

　　찬란, 이라고 말했다

　　스노우볼을 주워 왔지
　　피크닉 나온 다람쥐가 홀로 웃고 있어

돗자리를 펴고 옆구리에 커다란 바구니를 끼고 있어
쥐고 흔들면 벚꽃 잎이 휘날리고
벚꽃 잎 속으로 파묻히는 다람쥐

다람쥐는 스노우볼 안에서 영원할 것이다
다람쥐는 영원한 피크닉 속에서
다람쥐는 영원히 웃을 것이고

찬란, 이라고 말했다

끝이 보이지 않는 마트료시카, 그것을 만들고 싶다
열고 열고 열어서 무한에 가까워지는 나를 꿈꾼다
끝나지 않는디

우울한 노래를 들었지
죽고 싶은 기분은 아니었다 우울한 노래를 들었다 우울
한 단어를
발음했다

계속 죽을 것 같아서,
죽어 본 적 없으면서 죽음을 예감하고
그것을 반복하고 되감는 동안에도
도무지 이 패턴이 완성되지 않는다

고백할까요

찬란, 이라고 말했다

고백하겠습니다

알 수 있었습니다 이곳에서 니 는 이빙신이였으니까요 사
람들이 시꺼먼 눈을 한 재 내 어깨를 치고 지나가는 것도,
때때로 화분 따위를 던지는 것도 괜찮았지만 내가 참을 수
없었던 건 루머였어요 수많은 목소리가 내 목을 졸랐고 심
지어 그 애도 소음에 파묻히기 시작했으니까요 그러나 지
평선은 뒤를 보여 주지 않아요 사람들은 그곳을 넘어가며
자신을 감출 줄 알죠

자고 깨어나면 다시 지옥을 예감하면서

찬란, 그것은 무엇일까

*

그날 밤에도 달이 뜨고
달빛이 떨어졌을까 알 수 없었지만
막다른 골목에 새들이 무더기로 죽어 있는 장면

군인들이 전진하는 장면
누군가를 찾기 위해 숲을 헤집는 장면
수십 명의 군인과 한 명의 시민으로 이루어진 장면

피와 분수, 그리고 내가 알게 된 건 눈알은 쉽게 터지지
않는다는 것이었다
한심한 녀석, 이게 웃겨? 웃기냐고
나는 대답하지 않는다
이게 웃기나 보군 우리가 우스운 거야

군홧발이 그림자로 쏟아지는 장면

신기루,
사막과 오로라와 백야와 극지와 같은 것이 왜 떠오르는
지 알 수 없었다
울고 싶지 않았는데 울었다 용광로가 끓었다
반짝이는 보석
얼굴에 수많은 지도가 새겨진다

내가 잠깐 숨을 멈춘 장면

*

너에게 스노우볼을 건넨다
영원한 피크닉 속에서
영원히 웃고 있는
다람쥐
너에게 주고 싶었던 영원

너는 연거푸 잔을 비운다
나의 찢어진 얼굴을 흘깃 보고
그러나 보지 않은 체하며,
시선을 재빨리 거두며 우리 발밑에 놓인 도시를 바라
보고
스노우볼을 건네받지
흔든다
너의 손이
흔들린다 어느 봄날의 피크닉과
벚꽃 속에 파묻히는 장면과
이 새벽의 공기를 흔드는 너의 손이 있고
영원이 흔들린다
영원히 흔들릴 수 있다는 듯이
영원히 흔들리는 풍경을 바라보고
고마워
고맙다고, 너는 말한다

달빛이 떨어지고 있었다

죽은 새와 나란히 누워 있는 내가 있었다 우리가 영원하지 않았으면 좋겠어 죽은 새가 엎어터지는 나를 바라보고 있었다 거짓말 마, 너는 시체로 박제되길 원하는 거야 막다른 골목에서 죽음이 죽음을 부르고 있었다 맞아, 사실 나는 걔네가 유치하고 웃겨서 마음껏 조롱하고 싶었어 머리를 맞으면 온 세상이 흔들리고 있었다 언젠가 나는 완성된 패턴을 모두에게 보여 줄 거야 체크메이트, 누구도 말하지 않았다

나무는 높이를 가지기 위해 잎을 떨어뜨린다고
너는 말했다

나무는 죽음을 반복하기 위해 잎을 떨어뜨린다고
내가 말했다

그렇다고 유독 심장이 뛰는 건 아니었다

*

우린 필요했지 불필요한 속도와 가빠지는 호흡
자꾸만 길을 잃어 사방이 뚫린 대로변에서
숨 좀 쉬어 봐,
새들이 속삭인다
아니 지금은 밤이니까
네가 새의 얼굴을 하고 속삭인다

그래 우리에겐 언제나 달릴 수 있는 골목이 필요했다
새벽이 끝나도록 취하고 손발을 벌벌 떨 때면
골목은 우리보다 빨리 달려나갔지 우릴 앞질러 나가며
환청일까 이 도시를 깨우려는 듯 비명이 쏟아졌어 아아
아아……
깃털이 우수수 떨어졌지 너는 눈을 자주 비볐고
나는 눈보라가 쏟아지는 날이라고 말해 주었다
이 도시는 막다른 골목이 많고 그것은 우리가 이 도시
를 증오하는 수많은 이유 중 하나
모든 창문을 깨뜨리고 싶다 우리를 쳐다보지 못하게

두 눈이 멀어 버린 대신 청각이 발달했다는 작고 작은
생물을 잔뜩 삼키고 싶었지
죽은 새를 옮긴다 금방이라도 죽을 듯이 숨을 몰아쉬
면서
피와 분수, 그리고 달빛이 깨지는 장면
심장 속에도 붉은 나비가 새겨져 있다면
그러나

우리의 질주가 멎으면 어느 개도 짖지 않는 밤이 완성
된다

내가 알게 된 건 폐는 쉽게 터지지 않는다는 것
너는 찡그린 표정으로 숨을 놓아쉬는데

얼굴이 꼭 자수정을 닮았다고, 자수정, 그런 이름의 보
석을 알아? 너는 아무것도 모른다는 듯이 웃는다

찬란에 대해 알 것 같았다

아몬드나무 가이드

　남자는 아무래도 틀렸다고 생각했을 것이다

　시들어 가는 화분과 시름시름 앓는 두 명의 자식, 그리고 머리통을 찌르는 악취…… 오후 네 시의 햇빛 아래에서 잠든 자식들을 보며 남자는 자신의 몸이 쪼개지는 듯한 느낌이었다고 했다 "당신이 직소 퍼즐을 맞춘다고 해 봐요. 되돌릴 수 없는 시간이 지나고 퍼즐은 완성을 목전에 두고 있죠. 그런데 마지막 한 조각이 보이지 않는 거예요. 단 하나의 조각 말이에요. 그게 당시 저의 기분이었어요. 누가 제 시간을 보상해 줄 수 있는 거죠?"

　우리는 우리 자신을 등대 삼아 나아가겠습니다,

　교주가 예배를 끝내자 신도들은 박수를 쏟아 냈다 여기저기서 입술을 무아 휘슬을 불어 댔고 새들이 날아올랐다 거대한 숲이 통째로 쓰러질 듯이 몸을 떨었다 바람은 바다에게 어떤 물결을 새기고 있었을까 그날 밤 달이 일그러졌다

　그러나 어떤 이는 입안에 모래를 가득 채워 넣는다

겨울은 여기부터 시작됩니다

  스스로가 한심하기 짝이 없을 정도로 무기력했던 어느
오후, 나는 길을 걷다가 오래전 나의 친구인 지옥귀를 마
주친 적이 있었다 지옥귀는 모든 소리에 귀 기울였으며 특
히 자신에 대한 악의라면 흘려듣는 법이 없었다 그러나 먹
구름으로 가득했던 그 오후의 거리에서 지옥귀는 내게 말
했다, 난 네가 죽었다는 소식을 전해 들었어 그런데 이렇게
마주하다니, 친구, 나는 누구를 위해 그렇게 울었던 거지?

  "형, 지금 잠들면 안 돼."
  그는 꿈을 꾸듯 나를 올려다보았다 그의 안색이 깊어지
는 나날, 힘내라는 이야기는 듣는 것도 하는 것도 지겹고
그것이 우리를 더 힘들게 한다는 걸 잘 알고 있어서……
그의 어깨를 움켜쥐면 전보다 더 단단한 것을 손에 쥘 수
있었다 형, 지금은 아니야 아직 잠들면 안 돼

  철로에 귀를 대고 누우면 지구가 자전하는 소리가 들렸
다 그녀가 심장 소리가 들린다고 말했을 때는 그래 어쩌면

행성이 자전하는 것과 비슷할지도 모르겠어, 그런 생각을
했지만 소리 내어 말하지 않았다 대신 입 밖으로 꺼내지
못한 문장이 지금까지 나를 괴롭혔다, 그래 어쩌면 그래서
우리가 작별했는지도 모르겠어

언젠가부터 팔과 다리를 움직여 춤이라는 걸 출 때마다
나는 아몬드나무를 여럿 그렸다는 어느 화가가 떠올랐다
화가는 어느 마을에서나 미움받으며 방랑했기 때문에 나
는 정처 없이 길을 헤맬 때마다
바람결에 후두둑 아몬드 부딪히는 소리가 들리곤 했다

교회가 무너지니 신도들은 다른 교회를 찾아가더군요
솔고 나면 세싱이 아니라 나만 바뀌는데
혼자 우는 숲
혼자 죽는 춤
혼자 꾸는 꿈
악취가 우리를 집어삼킨다
그런데 퍼즐 조각은 누가 훔쳐 간 것일까요

"무얼 바라고 시작한 게 아니었어요. 배우가 영화와 사랑에 빠지게 되는 이유가 돈이 아닌 것처럼요. 그러나 아무것도 주어지지 않는다면 우린 어떻게 나아갈 수 있는 거죠?"

그러나 죽은 이의 입안에는 모래가 채워지기 시작한다

겨울은 여기에서 끝이 납니다

나는 다음 장으로 페이지를 넘겼습니다 이제 당신은 이 책을 통해 거울을 마주하게 될 것이다, 마지막 구절이었습니다

귀에 아몬드 소리가 맞지 않더군요

혼자 우는 숲

1

그와 나는 몸속 장기들을 쏟아 낼 것처럼 마시고 토하기를 반복했지만 물론 그런 일은 일어나지 않는다 우리의 새벽은 그렇게 시작된다

한쪽 벽에 거꾸로 매달아 놓은 꽃다발에서 마른 꽃잎이 떨어진다 나는 그의 손등으로 솟은 혈관을 더듬거린다

소독약 냄새가 나자 손목에 차가운 솜이 닿는다 손목이 젖는다 식은땀이 이마 위로 미끄러진다

진근함 속에서 음악은 무서워진다 스피커에서 시디 팝이 흘러나오면 여름의 빛과 잘 마른 빨래에서 맡는 냄새, 건조한 오후에 돋는 소름처럼, 누구도 미워하지 않는 마음으로

그의 표정은 그의 머릿속만큼이나 뒤죽박죽이었는데, 그 표정을 가만히 들여다보고 있자면 그가 약에 취한 건지 꿈

에 취한 건지, 혹은 그저 취한 것일 수도 있겠다는 생각이 들었다 주사를 놓기 알맞은 혈관을 가진 사람은 그만큼 아파야 하는 걸까 그는 대답하지 않는다 구겨 놓은 편지지가 펴지는 소리를 들은 것만 같았다

이 새벽에는 빛이 쏟아지지 않는다 사람들이 어둠에 대해 쏟아진다고 표현하지 않는 이유를 알 수 없었다

모니터에서 흘러나오는 미광으로
서로의 얼굴을 확인하기에 좋았다 절반만 드러난 그의 팔목

감당할 수 없는 일교차 속에서 침묵이 계속되면
나무가 흔들리는 환각이 보이곤 했다 나뭇잎이 부서지는 장면과 나무가 엎어지기 위해 끝없이 기울어지고 기울어지며 눈앞에서 파도치는 장면

적다 만 편지 속 문장들을 이어 붙여 누구에게든 읽어 주고 싶었다

꽃말은 왜 사랑과 연관되어 있는 걸까

2

어떤 신학자는 인간에 대해 다음과 같이 말했다

"폭탄 테러로 세상을 떠난 어린 양을 위해 기도를 했습
니다." 그러나 그가 직접 어린 양들을 대면했을 땐 이미 내
장이며 팔다리며 떨어진 상태였고 형체를 알아볼 수 없는
살점들을 만지며 손을 붉게 물들이는 동안 이런 잡념에 빠
졌다는 것이었다, 인간은 피와 살덩이가 담긴 비닐봉지 같
구나……

부르튼 입술과 가는 손목, 그것은 우리의 일부이면서 우
리의 전체를 대표했다 우퍼는 터질 듯이 볼륨을 높인 채로

때가 되면
그는 나의 팔을 쓸어내린다

손가락으로 주삿바늘을 툭툭 치며 물기를 털어 낸다
팔을 묶는다
솜을 문지른다
꽂고
투약한다

이 일련의 행동은 침묵 속에서 너무나 세련되어 보여서
발레를 떠올리지 않을 수가 없었지만

피가 아닌 어떤 액체가 내 안으로 흘러들어올 때
피가 아닌 어떤 액체가 내 안에서 빠져나갈 때
두 눈에서
눈물이 이제 막 넘치려는 그 순간에

멋진 시체가 되기로 하자
죽기 직전에 두 눈을 부릅뜨기로 하자
관처럼 똑바로 누운 채로
하늘을 볼 수 있는 시체가 되자
떠나고 만나고

사람들의 발걸음을 보는 건 슬프니까
우리는 죽은 채로 노래를 부르지

음악을 정지하면 백색 소음이 흘러나온다

하나의 허수아비
중저음의 비명
끝없는 플래시
비정상적인 속도의 파도
붉은 등대를 향해 걷는 사람
발밑으로 지나는 물고기 떼
바다의 일부분, 혹은 파도의 전체
셀 수 없는 기포
일그러지는 새벽
개를 뒤집어쓰고 웃는 남자
온몸의 뼈가 녹는 시간

3

믿고 싶지 않을 만큼 이상한 일이야 죽고 나면 인형 버리듯 사랑하는 사람을 묻을 수 있다는 게, 컴퓨터의 전원이 꺼지듯 내가 생각을 멈출 수 있다는 게…… 이상한 일이야 나는 지금 분명한 슬픔을 느끼는데 이게 호르몬 때문이면 마음이란 게 다 무슨 소용일까 너무 이상하고 너무 아픈 일이야

숲이 흔들린다
숲이 흔들려
창문이 열려 있어? 너무 추워
나는 이를 딱딱 부딪쳤나
아파
온 나무가 요동치고 있어
네가 아무 말도 하지 않는 게 너무 슬프고 추워

── 이건 백일홍이 아니라 안개꽃이야.
── 아직도 너는 나의 이름을 헷갈려 하는데, 꽃 이름을

외우는 게 중요해?

　나는 웃을 수 없는 너의 농담이 좋다 그건 지금의 네가
모든 걸 견딜 수 있다는 뜻이니까
　계속해서 듣고 싶었다
　너의 꿈 같은 농담을

혼자 죽는 춤

'견딘다는 건 무엇일까.
칼과 약을 쥐는 것으론 부족한 걸까.
바닥을 보고 나면 위를 바라볼 수 있다고 한다.
그러나 애초에 바닥이 없다면……'

친구는 시체의 표정으로 나의 안부를 묻는다

'마음은 어디까지 떨어지려 하는 걸까.'

*

그녀가 나를 끌고 간 곳은 폭이 좁고 경사가 가파른 계단의 건물이었다 옥상으로 가는 문은 녹슨 철사로 감겨 있었다 여기는 누구도 찾지 않는 곳이에요, 그녀는 계단에 걸터앉아 자신의 옆자리와 나를 번갈아 바라보았다 나는 그게 무슨 의미인지 모른 체하며 이마에 맺힌 땀이 흐르는 걸 느꼈다

어느 날은 이유 없이 사라져도 누구도 나를 찾지 않을

거라는 확신에 가득 찼다 그리고 이런 생각을 그녀에게 전
했다 그녀는 취한 눈으로 그녀와 나 사이 허공에 초점을
맞춘 채로 물었다, 누구신데 제게 이런 말을 하는 거죠?

— 이건 백일홍이 아니라 안개꽃이에요.
— 꽃 이름을 외우는 게 중요한가요?
— 저는 아직 당신의 이름을 모르거든요.

"그냥 죽어.
네가 죽어야 내가 죽지 않을 것 같아." 나는 진심과 농담
을 구분하지 못해서
부들거리며 떠는 그녀의 손을 바라봤다
잇자국이 선명한 손등에서 핏물이 흘렀고
금방이라도 마음이 조각날 것처럼
시뻘건 얼굴이 일그러져 있었다
"내일 아침이 되면 당장 죽어야 돼.
그렇게 할 거지?"

문득 나는 머리통이 없어져도 괜찮다고 생각했다

사랑을 사랑으로 되돌려 주지만
악의를 악의로 되돌려 주지 않는 것처럼

*

"입술은 작은 사람이었으나 어디서든 쉽게 미소 짓고 장단을 맞춰 주곤 했으니까요. 징조가 있었다면 그가 어릴 적부터 갖고 있던 증상이라고 할 수 있는데, 그는 미래에 대해 말할 때면 언제나 부정적이고 다운되어 있었습니다. 그는 티 내지 않으려 애썼지만, 아이러니하게도 상처를 감추려고 할수록 가린 흔적은 점점 커지니까요. 다만 제가 간과한 것은 그가 회복될 거라는 낙관뿐이었습니다."

*

나는 그렇게 생각했다 우리가 스스로의 시간과 육체를 낭비하더라도 결국 이곳을 벗어나지 못할 거라고 친구가 옥상 난간에 걸터앉아 두 다리를 흔들고 있을 때에도 나는 친구의 손가락 사이에서 피어오르는 담배 연기를 바라보며 두개골 깨진 그를 상상했다

그러니까 바닷속 물고기 같다는 생각
물 밖을 다른 세계라고 여기는 종(種)처럼 우리는 가족과 친구들, 연인을 잃어 가며 누가 더 슬퍼하는지 가늠하곤 했다 우리는 서로를 위로하는 데에 많은 목소리를 버려야 했고 마음을 내려놔야 했으며 진심을 감추어야 했다

연회장을 통째로 빌려 파티를 열자
초대를 거절한 이들만 모아 악몽으로 기록하자고

사랑을 사랑으로 되돌려 주지 않더라도
악의를 악의로 되돌려 주고 싶은 마음속에서

*

뭐해?

편지 쓰다 누워 있어. 술 먹었어?

먹었지. 많이 먹었어.

누구랑 먹었어?

잘 지내?

응?

잘 지내?

잘 지내.

알겠어. 그만 끊자. 나 이제 잘게.

응. 잘 자.

*

한밤의 숲

꽃무더기가 빛난다

꽃무더기 속에서 죽은 고양이의 두 눈이

빛난다

고양이의 사체에서

꿈틀거리는 것들이 무더기로 흘러내린다

옥상으로 가는 문은 잠겨 있다

내가 죽지 않으려 버티고 있는 동안
죽은 사람은 과연 누구인지를 생각해야 했다

'마음은 언제쯤에야 이곳을 벗어날 수 있는 걸까.'

그러나 추락은 멈추지 않았다

혼자 꾸는 꿈

여자는 여름옷이 좋아 여름을 사랑했다 그러나 남자가
겨울을 사랑한다면

여자는 남자를 채색했고 남자는 여자에 대해 기록했다
눈보라 속에서 웃는 남자와 열대야를 사랑하는 여자가 백
지 위에서 완성되고

서로가 부러질 듯이 끌어안으면 기후가 망가질까 봐

그리고 그들의 캠프가 끝나가고 있었다

여자가 떠나자 남자는 꿈에서도 폭설이었다 온통 흑백
인 세계에서 남자는 울었다 거울 속에서 얼어붙는 사람이
있었다

중력

무리를 놓친 어린 양을 사랑하는 마음으로

친구들은 나를 이끌어 주었죠 방향은 옳았을까요 어느 날 나는 밤의 도시 한가운데에 서 있었습니다 늦은 시간에 도 어딘가로 향하는 사람이 많더군요 집을 놔두고 거리를 뒹구는 취객들이 있더군요 낯선 곳에 도착한 양은 무슨 생 각을 했을까요 빛이 보이지 않았습니다 늦은 새벽이었습니 다 나는 무엇을 해야 할까요

선생은 자신을 빛내기에 바쁘더군요 현재와 미래를 잊은 채 설교하고 나를 꾸짖으며 자신의 과거를 긍정하더군요 비가 쏟아지던데요 나는 고개를 끄덕이고 말았습니다

그러나 내가 집으로 돌아와 한 일은 나의 우울 목록을 작성하는 것이었습니다 슬픔을 통째로 복습하는 시간……
서랍에는 미래 계획이나 버킷 리스트가 빛바랜 지 오래입 니다

그리고

그리고

이것이 우리의 여름입니다

*

죽은 자에게 꽃을 주는 이유를 알 수 없었다 우리들은
과일 몇 알을 깎아 올려놓은 뒤 그가 즐겨 피우던 담배에
불을 붙여 놓았다 원이 무덤 주위로 술을 세 번 붓는 동안
영과 윤은 짧은 춤을 추고

— 담배 연기의 방향이 바뀌면 영혼이 찾아온 거래.
— 대체 어디서 그런 말을 듣고 온 거야.

무덤을 정돈하면 죽은 그가 깨끗해질 수 있는 걸까

우리들은 언덕에 길터앉아
저 멀리 숲이 타오르는 걸 보았다
손을 내밀면 잡아 주는 사람이 있다는 것,
그것이 우리의 평화
그것이 우리의 사랑
몬데는 코피를 뚝뚝 흘리며 잔디에게 붉은색을 가르쳐
주었다

보았니 불을
보았니 이 나간 헬멧을 쥔 패잔병을

"그가 보고 싶어." 엘리가 말했을 때
우리는 듣지 못한 체하며 타오르는 숲만 바라보았다

그러나 그것은 꼭 내 목소리 같았는데

*

신생의 집에는 낡은 텔레비전이 유일한 조명이었습니다 바깥은 한낮이었지만 그곳에선 빛의 기울기를 가늠하기 어려울 정도였습니다 거실에 무엇이 있었는지 선명하지 않지만 유독 소파가 기억에 남았는데, 선생을 기다리는 동안 소파에 앉았을 때 먼지가 나를 뒤덮었기 때문입니다 불쾌함을 전부 떨쳐 냈을 때쯤 선생은 노트를 쥐고 나왔습니다

"이걸 읽는다는 건 고문이야. 에세이와 다름없다고."

나는 떨고 있는 선생의 손을 보았지만 곧 외면했습니다 예전이라면 그러지 않았을 텐데 이것으로 선생에게 작은 복수 하나를 한 셈이라 여겼습니다 선생은 눈치를 살피다 남은 손으로 자신의 떠는 손을 움켜쥐었습니다

노트 표지에는
'존경하지 않지만 친애하는 선생에게'
라고 적혀 있다

── 하필이면 왜 그기 당신에게 노트를 남겼을까요
── 내가 떠날 걸 예상했을 거야. 그 애라면 알고 있었을 거야.

문득 사위가 어두워졌고
선생은 창문을 열기 위해 커튼을 걷었습니다

밤은 완성되기 시작한다

"이제 읽어도 괜찮을까?"

나는 고개를 끄덕이고 말았습니다

*

숲이 타오르고 있어.

저들의 일상은 깨진 헬멧을 만지작거리는 것이 전부야.

심지어 패배를 즐기는 것처럼 보여.

그런 말 하지 마. 사랑도, 용기도 없으면서.

도대체 총기는 어디 두고 맨손인 거야.

숲이 타오르고 있어.

그만하라니까. 우린 누굴 가르칠 자격 없어.

선생처럼?

아니. 선생은 알고 있었어.

무엇을?

숲이 타오르고 있어.

숲을. 아니. 숲이 아니라.

뭐라는 거야.

내 말은 우리가 이렇게 될 거라는 걸……

숲이 타오르고 있어.

숲이……

숲 때문에 우리가 이렇게 되었다고?

아니. 그게 아니라. 엘리, 조용히 좀 해 봐. 그러니까 내 말은.

쟤 지금 발작하는 거야?

숲. 숲이 타오르고 있어.

……맞아, 엘리. 하지만 괜찮아. 시간이 지나면 모두 꺼질 거야.

아니. 숲이 타오르고 있어

숲이 타오르고

양들이 도망치고 있어.

*

선생은 노트를 펼쳐 읽기 시작했습니다 그것은 끝없이 긴 하나의 서사였으며 많은 시간이 흐르고 흘렀음에도 여

전히 비명으로 가득했습니다 선생은 읽으면 읽을수록 지옥에 대해 알게 되는 것 같다고 말했습니다

"······아마도 몇 명쯤은 저의 죽음을 슬퍼하러 올 거예요. 그렇게 되면 선생, 저를 위해 꼭 해 줘야 할 일이 있어요. 첫 번째로 울지 마세요. 울지 않아도 당신이 슬프다는 건 모두가 알고 있을 거예요. 두 번째, 짐을 정리하세요. 단을 포함한 모두가 당신을 찾을 수 없도록 멀리 떠나세요."

이 대목에서 선생은 한동안 입을 꾹 다물었습니다 갑작스러운 비극에 울음을 참으려는 듯이
나는 고개를 숙이고 말았지만

"선생, 마지막 규칙은 꼭 지켜 주세요. 다른 건 잊더라도 이건 꼭 지켜 주길 부탁해요. 그것은······"

밤은 거의 완성되었다

그 애 없이 바다에 간 어느 날이었다

그날 우리는 근처 매장에 들려 정신없이 카트에 물건을 쓸어 담았다 스피커에선 귀를 사로잡는 선율이 흘러나왔는데 나는 잠꼬대를 하다 숨이 넘어갈 만큼 그 가사를 중얼거리곤 했다, "If you help me now, we'll live together."

우리는 밝게 웃었다 우리는 입가를 빛낼 수 있을 거라는 듯이 웃었다 우리는 실없는 소리를 늘어놓으며 몰려다녔고 우리는 그게 멋있으면서도 위악적으로 보일 거라 여겼으며 우리는 내일이 오지 않을 것처럼 행동하곤 하였으나
우리는 가끔 숨죽여 눈물을 흘리곤 했다

진짜 마음을 속이기 위해
진짜 슬픔을 속이기 위해

……어둠 속에서 죽는다는 건 빛을 증오한다는 뜻

밤의 해변에서
연인들이 폭죽을 터뜨리면
카메라에서 연속적으로 터지던 섬광과
바다 깊숙이 발자국을 남기고 오는 이들
두꺼운 외투와
젖은 발목
어깨에서 녹아내리는 눈송이
그리고 믿기지 않는 빛……
떠올리기 싫은 기억들이
나를 구타하기 시작한다

꿈속에서
성곽을 따라 걷다가
해 지는 속도로 너를 쫓아갔어
우린 빛 속에서 함께 살 거야
우린 빛 속에서 함께 죽을 거고
그러나
네가 어둠 속으로 숨어들 때

있잖아
예전에는 미래란 계획된 것이라고 생각했어
우리의 과거도
현재와 미래도 모두 정해져 있다고……
이제는 잘 모르겠어 우연이어도 좋아라
미소만 지으며
운명이어도 좋아라

                     무슨 말을 그렇게 해?
                  그가 무덤에서도 울었으면 좋겠어?

지난날 해변에는
그 애도 꽃다발을 쥐고 우리와 걸었지
그는 어느 순간 자신 마음속으로 숨어 버리더니
꽃잎을 하나씩 떼어 내며 내게 말했어
"우린 무턱대고 비행하고 나서야
무사히 도착하길 기도하지.
나는 생각했어. 왜 우리의 속도만 느린 걸까.

도착지엔 대체 무엇이 있는 거지?

너는 보았니. 공허한 우주를.

너는 들었니. 천체의 노래를. 그러나 나는 떨어졌어.

깨달았지. 우주 속의 우리. 우리 안의 우주.

우린 추락하고 있었어."

이젠 한낮에도 악기를 쥐고 음악을 만든다

우리는 노래한다

우리는 노래하지

잠꼬대처럼 그림자처럼

유령의 무용처럼

*

"잤어?"

쪽잠에 빠졌다 깬 사람처럼 나는 선생과 눈을 마주쳤습
니다 그리고 오랜만에 선생의 눈을 마주 보았다는 사실을
알게 되었습니다

선생은 그가 남긴 마지막 편지를 건넸습니다

편지 봉투에는
'사랑하는 단에게'
라고 적혀 있다

── 하필이면 왜 당신에게 편지를 맡긴 걸까요.
── 그 애는 네가 나를 찾아올 줄 알고 있던 거야.

우리는 이미 작별을 주고받은 적이 있다는 걸 상기하
며…… 나는 선생에게 그저 기운 목례를 건네는 게 전부였
습니다 그렇게 선생의 집을 빠져나왔습니다 거리에서 나는
사방으로 적에게 둘러싸인 것처럼 신경을 곤두세웠습니다
어둠이더군요 눈이 멀어 버리더군요 누가 나의 표정을 훔
쳐 갔습니까

밤은 온전히 완성되었다

이번에도 나는 선생에게 미처 묻지 못한 것이 있었습니다 그와 작별 인사를 나눈 적이 있는지, 아직도 편지를 안녕으로 시작해서 안녕으로 끝내는지, 끝내 환절기에게 이름을 붙여 줬는지, 죽음을 동경한 적이 있는지, 그리고 당신의 미래는 가벼워졌는지……

삼키고
또 삼키며
무던히도 걸음을 옮겼습니다

보았니 나의 범람을
보았니 누군가 훔쳐 간 나의 표정을

선생, 지금 우리를 봤다면 무엇이라 불렀겠습니까
우리가 서로 춤추는 행성의 공전을, 우리의 춤곡을
우리라는 이름의 격정을

*

열차에서

창밖으로 숲이 타오르는 걸 보았을 때 그 불이 꺼지지
않는다면
　도망치는 양들이 보이지 않는다면

　나는 죽은 친구의 편지를 뜯는다

　'……단, 너에게 이 느낌을 정확한 문장으로 옮기기 어
려워. 이건 그냥 하나의 감정이야. 하나의 인간이 느끼는
하나의 감정이고, 어쩌면 하나의 세계, 그러니까 나는 단
지…… 죽음이 나를 당기는 것처럼 그래야 했어. 다른 이
유는 없어. 이건 선생이 적던 수식과 다르지 않다고 생각
하니까. 너는 나를 멍청하다고 여기게 될까. 부디 안녕히.
　너의 친구로부디.'

　열차 안에서 창밖을 바라보았을 때
　건너편 선로에서 다른 열차가 지나가는 것을 보았을 때
　순간 누군가와 시선을 마주했을 때
　내 얼굴이 가로로 잘리는 망상에 빠지는 동안
　팽팽히 당겨진 실과

감당할 수 없는 속력

끝나지 않는 터널

기다랗고 얇은 빛과

관통과

무너져 내리는 마음과

저 슬픔과

저 슬픔이

내 슬픔에게로

……빛 속에서 만난다는 건 어둠 속에서 작별해야 한다
는 뜻

나를 민 곳으로 데려가 줘요

세계는 하나의 생물

비는 내리고

강물은 바다로 향하고

계절은 다시 오고

육지가 하나의 퍼즐 조각이라면

철로는 어디까지 연결될 수 있을까요

그래서 우리는
퍼즐 조각 위에서 부스러기를 옮기는 개미처럼
언제 조각날지도 모른 채
흘러가는 걸까요
나는 형형색색의 꽃을
당신 무덤에
놓아 드렸어요
춤을 추었어요

꿈속에서
해 지는 속도로 너를 쫓다가
문득
영원한 빛 속이라는 걸 알아 버렸을 때

안녕 안녕 안녕 안녕 안녕……

너는 손목에 풍선을 묶고 물속에 뛰어드는 사람, 그러나
나는 너를 향해 떨어지고 있었다
무거운 속도로

무서운 꿈과 함께

다른 여름의 날들

친구, 무덤을 방치하면 네가 더러워지는 걸까

만약 그때 다른 선택을 했다면
나에게도 온전한 미래가 있었을까

*

노트 표지에는
'증오하는 선생에게'
라고 적혀 있다

*

숲이 타오르고 있어.
우린 누굴 가르칠 자격 없어.
그 선생도 자격 없이 우릴 가르치려 들었어.
그래. 선생은 내 시간을 다 망쳤어.
시간을 망쳤다는 게 무슨 뜻이야?
숲이 타오르고 있어.

사실 선생은 숲을. 아니. 숲이 아니라.

뭐라고?

우리가 이렇게 된 건 선생을 만나서…… 아니. 잠시만.

숲 때문에 우리가 이렇게 되었다고?

숲이 타오르고 있어.

그게 아니라. 엘리, 입 좀 다물어 봐. 그러니까 내 말은.

……이제 질렸어. 이런 거.

숲. 숲이 타오르고 있어.

누가 쟤 입 좀 틀어막아 봐.

지겨워. 정말 지겹다고.

숲이 타오르고 있어.

숲이 타오르고 있어.

숲이 타오르고 있어.

숲이 타오르고 있어.

*

"……아마도 몇 명쯤은 저의 죽음을 슬퍼하러 오겠지만
선생, 당신은 날 찾으러 오지 말아요. 제게 미안하다는 감정이 있다면 당신이 할 수 있는 일이 있어요. 첫 번째로 울지 마세요. 나를 위해 우는 모습을 보이지 않았으면 좋겠어요. 두 번째, 짐을 정리하세요. 죽은 나조차 당신을 찾을수 없도록 멀리 떠나세요. 그리고 마지막으로……"

*

밤은 온전히 망가지는 데에 실패한다

*

예전에는 미래란 계획된 것이라고 생각했다
아무리 발버둥 쳐도
나는 미래의 나로부터 벗어나지 못할 거라고 생각했다
그 슬픔으로부터
그 마음으로부터
나는 단 한 발자국도 벗어나지 못할 거라고……
그렇게 스스로를 세뇌시키고 나면
내가 망가졌다는 사실을

내가 겨우 이런 사람이라는 사실을
납득할 수 있었다
나의 죄가 아니라 애초부터 계획된 것이었다고,
나의 죄가 아니다
나의 죄가 아니다……
계획된 슬픔도 진짜 슬픔이라 부를 수 있는 걸까
나에게 닿기 전부터 이미 존재하는 슬픔
내가 원하지 않았던 그것
설령 그것을 내 것이라 여기더라도
나는
나는

*

당신 때문에 그가 죽었다
당신 때문에 우리가 이렇게 되었다
나의 마음은 올바르게 실패하였다
그리고 그 실패를 반복하였다
나는 우리 모두가 패배했다고 여겼지만

알고 보니 나 홀로 패배했다는 걸 뒤늦게 알게 되었다
투항하려 했을 때
백기는 이미 찢겨져 있고
추락한다
깊은 곳으로
우리는 추락한다
이 비행은 추락이 아니라
짧은 내리막이라는 믿음을 품고
추락한다
우리와
우주와
마음과
영혼과
세계와
슬픔과
미래,
그것은 무엇일까
안녕

*

엘리.

……

엘리?

응.

자?

아직.

어떻게 생각해?

뭐가?

우리 잘하는 짓일까?

그런 문제가 아니야.

그럼?

이건 시간에 대한 문제야.

시간?

금방 끝나.

그건 나도 알아.

그리고 진작 해야 했던 일을 할 뿐이야.

소원이나 빌까?

이제 와서?

아무래도 좀 그렇지?

조금.

나도 그렇게 생각해.

그래.

……

……

마지막으로 더 적고 싶은 말 없어?

없어.

없어?

그런 것 같아. 그보다 나 잠 와. 불 좀 꺼 줘.

불 아까 껐어. 이만 끌까?

그래. 그러지.

잘 자.

잘 자.

언어의 소실점

박동억(문학평론가)

1. 머뭇거리는 입술

고백보다 고백을 주저하는 입술이 더 진실한 순간이 있다. 시선을 피하는 시선처럼, 방향을 상실한 손처럼, 진실 앞에서 그것을 향해 한 발자국 나아가지 못하는 순간이 있다. 무엇이 발을 중난하게 만드는가. 잉인다 시인은 세상의 잔혹과 냉혹을 비판하는 데 주저함이 없다. 자아에 관한 한 자기 환멸과 죄악까지 드러낸다. 다만 그가 머뭇거리는 순간은 타자에 대하여 말하려 할 때이다. 사랑을 고백하기 직전의 눈동자처럼, 울음을 삼키려는 두 뺨의 안간힘처럼, 눈썹과 어금니와 혀가 타인의 얼굴 앞에서 멈춰 선다. 그의 시를 이루는 인상은 바로 침묵하는 입술에 맴도

229

는 떨림, 그 떨림의 신비이다. 그 떨림은 레비나스가 "얼굴의 후퇴(retrait)"라고 정의한 것, 즉 자신의 눈동자로 타인에게 상처 주거나 상처받기를 피하는 배려의 몸짓을 닮았다.

양안다 시인이 앞서 상재한 두 권의 시집 『작은 미래의 책』(현대문학, 2018)과 『백야의 소문으로 영원히』(민음사, 2018)에서도 고뇌의 대상은 타자와의 관계였다. 『작은 미래의 책』에서 시인은 "언제부터 우리는 우리가 된 걸까"(「조직력」)라고 묻는다. 그는 삶이 영화처럼 연출되는 것이 아닌지 의문을 품는다. 우리는 학교에서는 친구로서, 회사에서는 동료로서 우리 자신을 연출하는 것이 아닐까. 그때 누군가는 배우처럼 자신의 배역을 받아들이지만, "누군가는 숨을 참고"(「루저 내래이션」) 자신을 잃는다. 시인이 찾아 헤매는 것은 일상적 삶이라는 가면에 짓눌린 진정한 타자의 얼굴이다. 그는 거짓된 세계의 압력에서 벗어나, 모두가 "세상에 등교하듯이 언젠가 하교를 하게 되는"(「이토록 작고 아름다운(중)」) 미래를 꿈꾼다.

『작은 미래의 책』이 준려과 조직력이라는 물리학적·사회학적 표현을 활용하여 인간관계의 원리를 규정한 시집이라면, 『백야의 소문으로 영원히』는 내면의 능력으로 인간관계를 예시하는 시집이다. 우리 마음속에 관계를 형성하는 힘은 무엇인가. 이해력, 저항력, 불가항력, 예지력이라는 네 단계의 힘이 있다. 사랑을 떠올려 보자. 처음 한 사람과 한 사람이 눈을 마주친다. 이해는 두 사람을 아름답게 "하나의 장르로 서로를 구속"한다.(「이해력」) 그러나 그들의 마음은 각자의 것이기에 서로에게 저항한다. '나'의 마음은 아무리 가까워져도 "너라는 근사치"에 포개어지지 않는다. 그래서 시인은 "마음이라는 것이 있다는 게 슬프다"(「워터프루프」)라고 쓴다. 포옹해도 깨지지 않는 피부를 발견하는 것, 타인의 밀봉된 상처를 확인하는 것, 두 사람의 존재로 되돌아가는 것은 불가항력이다. 그런데 시인은 마지막 순간 예지력에 닿는다. 그는 이별 이후까지 직시하겠다고, 당신의 얼굴을 바라보는 순간만큼 당신의 얼굴을 잃는 순간까지도 소중히 받아들이겠다고 말한다. 그렇게 그는 "나는 다음 장면을 알기 위해 예지하기를 멈추지 않을 것"(「양을 흘리고 있었다, 내가」)이라고 단언한다.

이번 시집 『숲을 소실점을 향해』의 표제인 '숲의 소실점'이란 그렇게 예지된 몰락이며, 모든 관계의 파국이 암시되는 새벽녘의 풍경이다. 숲의 그늘 밑에는 그늘 자체를 간직하는 뿌리가 감춰져 있다. 우리는 모든 상실을 감당하려는 시인의 얼굴을 떠올려야 한다. 어떤 관계의 끝을 예감하는 순간 그는 "무언가 말하려고 했는데, 잊지 않을 거라 자신했을 때, 알 수 없이 입술이 자꾸 뜨거워졌다"(「불완전하고 불안정한」)고 쓴다. 잊지 않으려는 순간 탄생하는 온도가 있다. 생생한 기억은 두 눈이 아니라 체온에 새겨진다. 시인의 '소실점'은 상실의 장소인 동시에, 추억의 체온을 끝까지 간직하려는 장소이기도 하다. 우리는 이 시집의 마지막에

'숲의 소실점이 보인다'는 문장이 "숲이 타오르고 있어"(「중력」)라는 문장으로 옮아가는 것을 발견한다. 이 시집의 모든 불은 체온이다. 모든 빛 또한 체온이다. 당신의 체온을 재현하는 풍경들은 그렇게 '나'를 고통스럽게 태운다. 사랑은 불이다. 사랑에 가까워지고 멀어지고 간직하는 일련의 왕복운동은 똑같이 존재를 불태우는 사건이다.

다시 말해 이 시집은 한 권의 체온이다. 소실점처럼, 이 시집에는 그리운 추억들이 반복된다. 가족들로부터 달아나 네 평 남짓한 방 '방공호'에 모여 살던 아이들의 모습이 시집 대부분을 이룬다. 재개발이 진행되는 골목에서 악취를 견디며 할머니와 살던 유년의 풍경이 가끔 나타난다. 꺼지지 않는 네온사인과 멈추지 않는 기차가 사람들을 포위하고 있다. 그 모든 풍경에 흐르는 마음은 무엇보다 그리움이다. 죽은 연인을 잊지 못하기 때문에 '엘리'는 자신을 술과 자해로 망가뜨린다. '나'는 그녀의 곁에서 대신할 수 없는 고통의 순간을 지시한다. 모든 죽은 이의 번지 통로가 열릴 때, 그리움은 죄의식처럼 고통을 주고, 끊임없이 인간의 부재를 가리킨다. 그리움은 부재의 또 다른 이름이다. 부재에 관한 한 시인은 이제 손으로 쥘 수 없는 것을 다만 마음으로 쥔다.

2. '회복자들'의 윤리

목적지를 가진 사람만이 길을 잃는다. 대낮의 거리에서 사람들이 길을 잃는 이유는 그들에게 해야 할 일과 돌아갈 가족이라는 목적지가 주어져 있기 때문이다. 반대로 목적지가 없는 사람에게는 길이 없다. 그러한 사람이 헤매는 장소는 오직 자신의 마음속이다. 서시 「나의 작은 폐쇄병동」의 '회복자들'은 자신의 마음속에 갇혀 버린 사람을 가리킨다. 그들은 다른 사람들처럼 목적을 가질 수 없고, 그래서 무작정 달릴 수 있는 새벽의 거리를 사랑한다. 시에는 술에 취하거나 자신의 손목을 긋는 '아이'가 등장한다. 자해는 애도의 파괴적 방식이자 죽은 연인과 가까워지려는 마음의 표현이다. '나'는 아이를 사랑하기 때문에, 그러한 잔혹마저도 파수하고, 기꺼이 그녀와 함께 술에 취하고 휘청거리기를 바란다. 아이가 알약을 건넨다면, 그 내용물이 무엇이든 '나'는 기꺼이 삼킬 것이다.

우리는 이 이야기를 하나의 윤리적 물음으로 바꾸어 볼 수 있다. "죽은 연인을 그리워하다 폐인이 되어 버린 이"(「유리 새」)의 마음은 애도를 지속함으로써 한 사람을 절대 잊지 않는다. 그렇다면 애도하는 자의 곁에서 우리는 그를 어떻게 돌보아야 할까. 네 평 남짓한 방에 모여든 가출 소년들은 서로 상처를 돌보기보다 감추는 데 익숙하다. '윤'이 '엘리'에게 "네가 나빠. 다들 잘 감추며 사는데. 발작하는 네가 나쁜 거야."(「우리들은 프리즘 속에서 갈라지며 (하)」)
라고 힐난하듯, 아이들은 자신이 상처를 감당하는 만큼 다
른 사람도 각자 아픔을 감수하기를 바랄 뿐이다. 더 나아
가 '몬데'는 '내'가 괴한에게 얻어맞는 순간에도 냉담하게
방관한다. 그들이 자신들의 거처를 '방공호'라고 불렀던 것
처럼, 그들의 존재는 방공호다. "나는 누구에게도 들키고
싶지 않죠 평생 눈이 내렸으면 좋겠어요 옷을 두껍게 입고"
(「후유증」)라는 문장처럼, 그들은 자신의 고통을 숨기는 데
급급한 어린아이들이다.

　시인이 살피는 것은 그 모든 미숙함이다. 미숙하기 때문
에 자신의 상처를 다룰 줄 모르고, 남에게 쉽게 상처받고
상처 입히는 어린 마음들이다. "누가 그녀를 열고 난 뒤 닫
지 않은 것일까"(「우리들은 프리즘 속에서 갈라지며 (하)」)라는
물음이 시집 전체를 관통한다. 무엇이 마음의 상처를 닫
을 수 있게 하는가. 어떤 의미로 이 시집의 소년들은 저마
다 자신의 방식으로 어른이 된다. '윈'은 식물을 기르는 속
도로 삶을 견딘다. 그는 그렇게 인내하면 "누군가에게 닿는
다는 게 무슨 의미인지 알게 될 거라고" 믿는다. 한편 '영'
과 '엘리'처럼 새벽의 거리를 폐가 터지도록 질주하는 자세
를 취하기도 한다. 하지만 그들은 "사랑하는 만큼 서로를
부축해 주며 차도 한복판으로// 달려 나갈 때// 우리의 내
부를 가득 채웠던 마지막 선율이 무슨 곡인지 기억나지 않
았다".(「나의 아름답고 믿을 수 없는 우연」) 이 시집에서 노래

와 연주는 서로의 어깨를 맞대고 지탱하던 우정의 순간이면서, 온몸을 거리에 내던지는 광기적 소진이기도 하다. 질주의 자세는 추억의 형상으로 아프게 호명된다.

이와 달리 '나'가 택한 이해의 방식은 직시다. 그는 타자의 상처를 치유하려 하거나, 그 상처를 내 것처럼 공감할 수 있다고 말하지 않는다. "나는 너를 조율하거나 고칠 생각이 없다 가능하면 너도 그랬으면 좋겠어 우리가 망가진 채로 서로를 연주하면 비명을 듣게 될까"(「Parachute」)라는 문장처럼, 타자의 고통을 타자의 것으로 남겨둔 채 그를 돌보는 것, 그렇게 마음껏 비명을 지르는 것이 '나'가 택한 윤리다. "당신이 당신이라고 했으면 좋겠다/ 사랑도 사람도 아니고/ 당신이었으면 좋겠습니다"(「후유증」)라는 문장은 다음을 암시한다. 사랑 '때문도' 아니고 사람이기 '때문도' 아니라, 무조건 당신을 받아들여야 한다. 이 사랑의 무조건성이 시집의 중심에 놓이는 또 하나의 윤리적 가능성이다.

마음을 떠올리면 왜 아름답고 슬프기만 할까 미움은 그런 게 아니지
온몸에 기름을 붓고 불을 붙인 다음
타들어 가는 몸으로 다가가는 것
그 몸을 안아 주지도
외면하지도 못하는 것
그런 게 마음이라면

나, 네 소문 들었어 손목을 가리려 팔찌를 잔뜩 끼운다고
사람들이 알려 줬지 네가 사랑하는 사람에겐 사랑하는 다른
사람이 있었고

　두 팔에 얼굴을 묻으며,

　울음은 다른 울음에 묻히고

　어깨에서 시작되는 여진, 주체할 수 없는 입술과 그런 입을
가리는 두 손이

　끝나지 않을 거라는 믿음

—「여름잠」에서

　타인의 고통에 대한 정확한 거리(距離)는 무엇인가. 자신
을 불태우듯 슬픔에 잠긴 사람이 있다. 그 마음을 안을 수
도, 외면할 수도 없다. 당신 곁을 맴도는 이 머뭇거림이 깊
다. '나'는 울음 앞에서 울음의 이유를 묻거나 그 눈물에
함께 젖고 떨리는 어깨를 손으로 감싸지 않는다. 이렇게 양
안다 시인은 관습적인 위로의 자세를 피한다. '나'는 기다
리다 어쩌면 울음을 다하지 못하게 하는 것은 폭력이 될
수도 있을 것이다. 또한 '나'는 어떤 몸짓이 그 슬픔을 덜어
줄 수 있다고 믿지도 않는다. 어떤 고통은 삶을 초과하며,
타인에게 전염되기까지 한다. 더구나 어떻게 당신에게 사랑
하는 다른 사람이 있었다는 사실을 받아들일 수 있단 말
인가. 하지만 '나'가 선택한 윤리는 떠나지 않는 것이다. 끝
내 당신 곁에서 당신을 파수한다.

따라서 사랑으로 '나'는 상처를 상처로서 받아들인다. 이 과정은 한 아이가 성장통을 극복하고 어른이 되는 과정을 닮았다. 하지만 그것은 단지 성숙한다는 의미 이상이다. 그것은 한 사람이 홀로 성찰하여 인간과 관계 맺는 윤리적 자세를 정초한다는 의미에 더욱더 가깝다. 때로 '나'는 "무엇을 할까 무엇을 해야 할까 우리는 각자 가족의 품으로 돌아가는 게 좋을지도 모르지"(「내일 세계가 무너진다면」)라고 말하지만, 이 시집에서 '나'는 결코 부모에게 되돌아가지 않는다. 따라서 양안다 시인은 양육이 아니라, 윤리적인 자기 성찰 속에서 어른이 되는 아이들을 형상화한다. 「조각 꿈」에서 "무언가를 인간이라 부르기 위해서 몇 리터의 피와 물이 필요하고 얼마나 많은 양의 선악이 필요한 걸까 꽃을 꺾으며 생각했다"라고 말하거나 "몇 개의 사랑이 쌓여야 하나의 이별이 완성되는 걸까"라고 묻듯, 그는 인간을 인간답게 하는 조건에 관해 되묻는다. 그 조건은 인간의 모든 선악을 받아들이는 것이고, 그 포용을 가능케 하는 것이 사랑이다. 같은 시에서 시인은 말한다. "나는 우리라는 이름 안에서 망가지고 있다// 안타까워 사랑을 불신하는 세상". 이렇듯 모든 마음의 폐허를 끌어안는 자세를 시인은 '사랑'이라고 부른다.

3. 불안의 완수

우리가 이 시집에서 발견하는 것은 아이의 시선으로 재현된 인간적 고뇌다. 아이는 아픈 체험 속에서 자기 물음을 탄생시키고, 이제 연민과 사랑을 윤리적 자세로 승격시킨다. 시 「휘어진 칼, 그리고 매그놀리아」에는 "인간은 왜 손안에 꽃을 쥐고 싶어 하는 걸까"라는 질문이 제기된다. 매그놀리아, 즉 목련의 꽃말은 고귀함 또는 숭고함이다. 현실보다 더 아름다운 순간을 꿈꾸기 때문에, 우리는 현실에 분노한다. 그러나 분노는 도리어 현실에 표출되지 않고, 자학의 형태로 자신에게 되돌아오기도 한다. 사랑은 아름다운 관계에 대한 상상력이기 때문에, 때로 사랑한다는 것은 다음과 같은 자학적 물음을 받아들이는 것이기도 하다. "사랑은 무섭고, 전염이고, 결국 너는 날 죽일 거야 그렇지?" 양안다의 시를 깊은 고뇌라고 정의할 수 이유는 그의 시가 사랑의 악마적 진실까지도 드러내고 있기 때문이다.

반대로 말해 현실은 항상 사랑과 비교해 빛바랜 풍경이기 마련이다. "나는 영화보다 극장을 더 사랑했지"(「인디언 서머」)라는 문장처럼, 양안다 시인이 극장을 사랑하는 이유도 그 때문이 아닐까. 상상력의 위상처럼 영화와 극장은 똑같이 현실의 바깥인데, 극장은 텅 비어 있기 때문에 더욱 사랑에 가깝다. 양안다 시인의 '사랑'이란 아름다운 풍경으로 가득 찬 영화가 아니라, 추하고 악마적인 순간까지 모두 끌어안는 진실의 무대이기 때문이다. 이와 달리 현실은 끝없는 소음과 같다. "새벽이면 쉴 새 없이 스크린 위로 세상이 상영되었지만 그곳엔 내가 없었다".(「나의 아름답고 믿을 수 없는 우연」)

시작과 끝이 결정된 영화처럼, 현대인의 삶은 일방통행이 강제된다. 시 「폰의 세계」에 묘사하듯, 이 시대는 "모든 방향을 지운 채로" 전진만을 강요하는 '골목'이다. "세상을 반죽으로 뭉개서 이 골목을 만들고 남은 반죽으로 우릴 만든 게 아닐까"라는 물음처럼 현대인은 골목의 여분으로 전락한다. 무대의 댄서처럼 인간은 명령대로 춤출 뿐이다. 춤은 인간의 심장이 멎을 때까지 빨라진다. 시 「Bye Bye Baby Blue」는 종결구가 없는 복문의 형태로 삶의 가속을 형상화한다. "우리는 우리를 이름으로 불러야 하는데 우리는 노래할 대상이 없어서 우리는 이유를 모르겠어서 우리는 우리가 시작되기만을 기다리는데……"

언제 끝나는 걸까
사방이 고요해졌어
한낮에는 숨어 지내다
밤이 되면 움직이는 사람들
모두 기다리고 있어
끝이 나기를

사람들은 무너진 잔해를 건드리지 않는다

그 밑에는 누군가의 연인이

누군가의 부모

누군가의 자식

그리고

누군가가

— 「손에 쥔 것이 비명이라면」에서

밤마다 거리를 헤매는 '회복자들'은 세계의 종말을 기다리는 사람들이기도 하다. 그들은 가족-학교-직장이라는 일방통행의 삶으로부터 추방되어 있다. 일상적 관점에서 말하면 그들은 사회 부적응자다. 그러나 양안다 시인의 '회복자들'이 현실을 받아들일 수 없는 이유는 나약함 때문이 아니다. 그들은 거리를 심문하고 있다. 평온한 거리에는 무엇이 감춰져 있는가. 누군가의 '연인'이나 '자식', 바로 당신의 고통을 외면하고 나서야 우리는 세상을 평온히다고 말할 수 있다. 또한 마찬가지로 우리는 이렇게 말할 수 있다. 마천루가 직립할 수 있는 원리는 무엇인가. 그것은 인간의 고통을 쌓아서 세워진다.

시인이 비판하는 바는 우리의 거리가 인간적 공감 또는 고뇌가 제거된 평평함 위에 세워져 있다는 사실이다. 모든 높이와 뿌리에 감춰진 고통이 있다. 회복자들은 삶을 회피하는 것이 아니라, 거리의 높이와 뿌리를 직시하는 것이다.

240

시 「당신의 주소를 모르기 때문에」에서 기꺼이 시인은 정신병자의 위치에서 말한다. 마찬가지에서도 시 「후유증」에서는 의사와 상담하듯 편지를 쓴다. 우리가 주목할 것은 편지의 형식이다. 이 시집에서 진실한 고백은 주로 편지의 형식으로 전달된다. 그 편지에는 다음과 같이 적혀 있다. "나는 불안에 중독된 사람"(「후유증」)이다.

불안은 무엇인가. 「유리 새」의 '나'는 옥상에서 내려다본 도시를 견딜 수 없다. 고층 건물과 네온사인, 그리고 가득 찬 도로가 인간의 왜소함을 깨닫게 하기 때문이다. 그는 "멈추지 않는 것이 우리의 유일한 속도입니다"라고 말하며 자신의 유리 조각으로 팔을 긋는다. 이 자해는 저항인가, 순응인가. 도시로부터 벗어나려는 자학이 유리 조각이라는 도시의 부속으로 이루어진다는 사실은 역설이다. 우리 자신이 고통스럽다고 말하는 것조차, 이 세상이 끝나면 좋겠다고 말하는 것조차 저항이 아닌 이 도시 계획의 일부일지도 모른다는 의심이 싹튼다. 그것이 진정한 불안이다. 같은 시의 마지막에 시인은 이렇게 묻는다. 칭밖의 비명에 아무도 관심 두지 않는 세상, 이러한 세상에서 "소음과 비명을 도대체 무슨 수로 구분해야 하는 걸까".

인간은 시스템의 가축으로 전락한다. 시인이 연민의 시선으로 "앙상한 개"(「당신의 주소를 모르기 때문에」)나 "길고양이"(「공포의 천 가지 형태」)를 바라볼 때, 그 시선은 사실 그들에게 자기 존재를 대입해 보는 것이다. 때로 인간은 누구나 한 번쯤 세상이 잘못되었다고 말한다. 또는 자신을 비롯하여 수많은 사람이 잘못 살아가고 있다고 말한다. 그런데 그 독백조차 상영되고 있는 현실의 클리셰가 아닐까. 우리가 세상이 잘못되었다고 믿는 이유는 그저 "자신의 그림자를 모른 척하려는 개처럼"(「나의 아름답고 믿을 수 없는 우연」) 자신을 합리화하기 위한 것은 아닐까. 시인은 자아의 진실을 외면한 죄에 관해서 고백한다. "이미 망가졌다는 사실을 모른 체하고 싶었던 것입니다"(「휘어진 칼, 그리고 매그놀리아」) 또는 자신의 죄악을 외면했던 순간을 고백한다. 그렇게 그는 어린 시절에 건물 옥상에서 병아리를 던지던 잔혹한 장난을 "나를 망가뜨린 시간의 기원"이라고 부른다 (「우리들은 프리즘 속에서 갈라지며 (하)」). 인간이 되는 길은 그러한 의심과 죄악을 마주하는 것이다. 바로 그때 불안은 우리를 사로잡는다.

불안을 끌어내는 것은 고백의 순간이다. 그렇다면 불안에 중독된 인간이란 자기 진실과 마주하는 데 중독된 인간이기도 하다. 진실은 무엇인가. 일상적으로 우리는 모든 것을 탓하면서, 우리 자신만은 탓하지 않기 위해 노력한다. 불안은 독백과 죄의 고백과 자기 합리화와 타자를 향한 연민의식, 그리고 다시 독백으로 되돌아오는 이 순환의 운명과 마주하는 일이다. 어떤 인간이 자아 바깥일 수 있는가. "표정을 잘 가꾸기 위해 애쓸 뿐/ 아무도 나를 사용할 수 없습니다"(「폭우 속에서 망가진 우산을 쥐고」)라는 문장처럼 우리는 홀로 자기 몫의 불안에 충실할 뿐이다.

4. 마음은 무엇으로부터 오는가, 무엇에 닿는가

그런데 시인은 타인의 불안을 돌볼 수 있다고 믿는 것처럼 보인다. 바로 그것이 그의 시에 깃든 깊은 다정함이다. 시인은 묻는다. "마음은/ 어디에서 시작됩니까"(「휘어진 칼, 그리고 매그놀리아」) 시인은 스스로 답한다. "모든 마음은 외부에서 시작되잖아요"(「유리 새」) 이렇게 단언할 수 있다는 것은 놀라운 일이다. 현대인은 마음을 일종의 소유물처럼 생각한다. 우리는 자신의 마음을 지키고 보호하며 감추기 위해 노력한다. 그러나 시인이 볼 때 마음이 홀로 서는 것은 불가능하다. 마음은 외부, 즉 당신으로부터 시작되는 것이기 때문이다.

사랑의 순간을 떠올려 보자. "한 사람의 일상을 뒤흔드는 존재는 왜 언제나 사람이었"는지 우리는 알고 있다. 또한 "마음, 그것은 지금 바로 이 순간의 극단을 말하는 것이 아니라/ 머나먼 과거에서부터 축적되어 형성되는 것이라"는 것 또한 우리는 알고 있다.(「폭우 속에서 망가진 우산을 쥐고」) 한 사람을 사랑하거나 이해한다는 것은 그 사람의 습관과 친구까지도 받아들인다는 의미이다. 마음은 얼굴이고, 시선이다. 감추려 해도 항상 드러나 있는 얼굴처럼, 시선을 피하려 해도 눈길을 주게 되는 얼굴의 매혹처럼 타인의 마음은 온다. 우리는 서로 눈을 마주친다. "그 한 번의 침몰이 평생을 헤엄치게 만든다."

다른 시 「여름잠」에서 "우는 건 너인데 눈물을 보는 건 언제나 나였다"라고 말할 때, 그는 닿을 수 없는 당신의 슬픔 대신 당신의 눈물에 관해서 말한다. 눈물을 감당하는 방식으로 그는 당신의 슬픔에 한 걸음 다가가고 싶은 마음을 쓴다. 근본적으로 그가 세상을 거부하는 '회복자들'에 주목하는 이유도, 불안이라는 진실과 마주하는 이유도 사랑 때문이다. 그는 기도하듯 말한다. "나는 빌고 빌었지/ 우리가 세계에서 온전히 제외되기를, 그게 아니라면 세상 전부 망가뜨려 달라고".(「로스트 하이웨이」) 이 순간 그는 구원이 아니라 몰락을 바라고, 사회로부터 추방되기를 기도한다. 그는 사회에서 벗어나, 두 사람만의 마음으로 통치되는 연인의 공동체를 세우고자 한다. 유념할 것은 연인이 주고받을 수 있는 것은 법과 질서가 아니라, 말과 마음이라는 사실이다.

우리는 다시 한번 시집의 제목인 '숲의 소실점'을 떠올려야 한다. 추억을 간직한다는 것은, 내 마음속에 타자가 오고 가기를 바란다는 뜻이기도 하다. 시인이 이야기하듯, 마음이 타자로부터 시작되는 것이라면, 마음은 말과 얼굴과 떨림으로 우리에게 온다. 머뭇거리는 입술, 그것은 무엇을 말하려 하는가. 말의 본질은 두 가지 중 하나다. 말은 때론 진실을 담고, 때론 거짓을 담는다. 그러나 어느 쪽이든 체온이 묻어 있다는 것, 양안다 시인은 바로 그러한 '깊은 진실'에 관해서도 말한다. "내가 만든 최고의 작품은 아마 그때의 거짓말일 거예요. 많은 사람들을 감동시키고 울렸거든요."(「nosmokingonlyalcohol」)라는 문장처럼, 거짓은 타인을 울린다. 진실이든 거짓이든 타자의 마음에 닿으려고 하는 한, 목소리는 체온이다.

> 조각을 끝마친 사람은
> 자신의 표정과 석고상의 표정을 비교하며,
> 웃거나 울거나
> 아니면 그 중간쯤의 표정으로,
> 그러나 완성된 석고상은
> 영원히 그 표정을 유지할 것이다
>
> ──「로스트 하이웨이」에서

나는 죽은 친구의 마지막 편지를 꺼내 읽는다

'……인간에게 언어가 주어지지 않았으면 어땠을까. 너에게 이런 편지를 적는 일도, 우리가 나눈 수많은 대화나 위로가 전부 쓸모없었다면 어땠을까를 생각해. 너는 한 번도 우리들을 앵글에 담으려 하지 않았지. 널 미워하지 않았어. 그러나 아무도 날 붙잡지 않았어.'

> ──「나의 아름답고 믿을 수 없는 우연」에서

'깊은 진실'에 관한 한, 이 시집에는 두 가지 표정이 제시된다. 하나는 '완성된 석고상'의 얼굴이다. 그것은 타인에게 표정을 짓지 않고 자신을 위해 표정을 짓는 얼굴, 즉 표정을 가면으로 쓰는 존재 방식이다. 관습적인 표정을 따라, 석고상은 웃거나 울고, 타인을 연민하는 얼굴로 차갑게 굳어 갈 것이다. 반대로 다른 하나는 진실의 표정으로서, 이 시집에서 그것은 편지나 고백의 방식으로 자주 나타난다. '죽은 친구'의 편지에는 원망과 가책이 담겨 있다. 어쩌면 누군가 그를 붙잡았다면 그는 살아 있지 않았을까. 또한 그 편지를 끝까지 읽는 '나'의 마음은 죄의식을 향해 기울어진다. 후회와 죄의식은 이 시집의 또 다른 기원이다. 그러나 어떤 의미로 그것은 필연이다. 인간에 닿으려고 하는 한, 어떠한 말이 완수될 수 있겠는가.

체온은 간직할 수 없는 것이다. 말에 담긴 인간의 온기는 금세 식는다. 그리고 온도를 잃은 말은 마음에 닿지 않고 추락한다. 그러나 말하지 않는 것 또한 후회를 남긴다. "마음이란 건 편지에 적지 못해서/ 경사는 점점 기울어지는데",(「여름잠」) 이 죄의식과 후회의 경사로는 끝나지 않는다. 그렇게 모든 말은 추락해 간다. 시 「공포의 천 가지 형태」에서 말하듯, "나는 나의 마음에 이름을 지어 주고 싶었는데", 그 순간 '마음은 쏟아지는 진열장의 유리컵'이나 '경주를 끝마친 심장'이나 '백색 알약'과 같은 것으로 은유된다. 이 은유는 정확하게 말의 진실을 가리킨다. 말의 체온은 항상 식어 갈 뿐이다.

우리가 항상 말을 아끼고, 함부로 하지 않으려는 이유도 그 때문이다. 때로 너무나도 현재가 완벽하게 느껴질 때, "저 연주를 들으면 어딘가 견딜 수 없어져서/ 해서는 안 될 말을 해 버릴 것만 같다고,"(「폭우 속에서 망가진 우산을 쥐고」) 느낀다. 그러나 우리는 그것을 억누른다. 진실은 말해서는 안 될 것만 같다. 말해 버리는 순간 말의 체온이 달아날 것 같기 때문이다. "누가 액자의 간격 같은 걸 정하는 걸까"(「폭우 속에서 망가진 우산을 쥐고」)라는 질문에도 우리는 마찬가지로 답할 수 있다. 그림보다 아름다운 것은 액자다. 누군가의 마음을 손대지 않고 간직하려는 머뭇거림, 그 배려가 액자이기 때문이다.

이 시집의 마지막 시 「다른 여름의 날들」은 연인의 자기 파괴를 암시하며 끝맺는다. 그들은 나란히 누워서 묻는다. "마지막으로 더 적고 싶은 말 없어?" 세상에 관한 한, 그들은 디는 만할 것이 없음을 확인한다. 마침내 그들은 서로의 체온으로부터 멀어신다. 두 사람은 "살 자"리는 일상적 인사만을 주고받는다. 우리는 어렵지 않게 그 이후를 상상할 수 있다. 이제 그들은 서로 연민하거나 간호하기를 중단하고, 각자 자신의 마음을 돌보기 시작한다. 그들은 두 개의 인사로, 마침내 두 개의 그림자와 독백으로 갈라져 인간이라는 소실점 바깥으로 사라진다.

다른 선택도 가능했을 것이다. '나'는 자신의 슬픔을 감당할 수 없다고, 그래서 당신에게 안아 달라고 말할 수 있지 않았을까. 그러나 줄곧 '나'는 "진짜 마음을 속이기 위해/ 진짜 슬픔을 속이기 위해"(「중력」) 말한다. 따라서 내면에 관한 한 양안다의 시는 고유한 자세를 지녔다. 그에게 시란 내면의 진실도 내면을 감추는 가면도 아니다. 그가 형상화하는 것은 말을 중단하는 순간의 머뭇거림이다. 그의 목소리가 멈춰선 지점은 얼굴이다. 타인의 얼굴 앞에서 그는 독백한다. 시인의 언어는 비스듬한 시선이다. 그는 세계와 타인의 얼굴을 직시하지 않고 비스듬하게 마주한다. 그래서 그의 언어는 기나긴 미로다. 진심을 누설하지 않고 있기 때문에, 그의 시는 아무리 말해도 마음을 다하지 못하며, 그래서 끝나지 않을 것처럼 계속될 수밖에 없다. 그의 언어는 진심과 거짓, 현실과 악마적 몽상 사이를 헤맨다.

한편 길을 잃은 자를 정확하게 이해하는 방법은 그를 구조하는 것이 아니라, 그와 함께 흔들리는 것이 아닐까 마찬가지로 미로는 인간을 헤매게 하는 장소가 아니라, 진정한 이해에 도착하기 위한 장소다. 다시 한번 이렇게 표현할 수 있다. 그의 시는 독자를 미로로 인도하는데, 그 중심에는 침묵의 신비로움이 놓인다. 그 신비는 머뭇거리는 입술을 닮았다. 이 시집의 마지막까지 그는 고백하기보다 침묵한다. 그리고 때로 고백보다 고백을 주저하는 입술이 더 진실한 순간이 있다.

지은이   양안다

1992년 충남 천안에서 태어났다. 2014년《현대문학》으로 등단했으며
시집으로『작은 미래의 책』『백야의 소문으로 영원히』『세계의 끝에서
우리는』, 동인 시집『한 줄도 너를 잊지 못했다』가 있다.
창작 동인 '뿔'로 활동 중이다.

숲의 소실점을 향해

1판 1쇄 펴냄 2020년 5월 25일
1판 10쇄 펴냄 2024년 8월 26일

지은이 양안다
발행인 박근섭, 박상준
펴낸곳 (주)민음사

출판등록 1966. 5.19. (제16-490호)
서울특별시 강남구 도산대로1길 62(신사동)
강남출판문화센터 5층 (06027)
대표전화 02-515-2000 / 팩시밀리 02-515-2007
www.minumsa.com

ISBN 978-89-374-0891-5 04810
     978-89-374-0802-1 (세트)

* 잘못 만들어진 책은 구입처에서 교환해 드립니다.

민음의 시

민음의 시
목록